要以培养担当民族复兴大任的时代新人为着眼点，强化教育引导、实践养成、制度保障，发挥社会主义核心价值观对国民教育、精神文明创建、精神文化产品创作生产传播的引领作用，把社会主义核心价值观融入社会发展各方面，转化为人们的情感认同和行为习惯。

——摘自 2017 年 10 月 18 日习近平总书记所作
《在中国共产党第十九次全国代表大会上的报告》

　　坚持不忘初心、继续前进，就要坚持中国特色社会主义道路自信、理论自信、制度自信、文化自信，坚持党的基本路线不动摇，不断把中国特色社会主义伟大事业推向前进。

——摘自 2016 年 7 月 1 日习近平总书记在
庆祝中国共产党成立 95 周年大会上的讲话

古村沉香

遗珠拾粹

遗落于
八婺古村落
记忆里
的
故事

李建平　张鹏◎主编

浙江摄影出版社
全国百佳图书出版单位

责任编辑：盛　洁
装帧设计：沈玉莲
责任校对：朱晓波
责任印制：汪立峰

图书在版编目（ＣＩＰ）数据

遗珠拾粹，古村沉香 ：遗落于八婺古村落记忆里的
故事 / 李建平，张鹏主编. -- 杭州 ：浙江摄影出版社，
2022. 1
　ISBN 978-7-5514-3513-0

　Ⅰ. ①遗… Ⅱ. ①李… ②张… Ⅲ. ①故事－作品集
－中国－当代 Ⅳ. ①I247.81

　中国版本图书馆CIP数据核字(2021)第202775号

遗珠拾粹，古村沉香

遗落于八婺古村落记忆里的故事

YI ZHU SHI CUI　GUCUN CHEN XIANG
YILUO YU BAWU GUCUNLUO JIYI LI DE GUSHI

李建平　张　鹏　主编

全国百佳图书出版单位
浙江摄影出版社出版发行
　　地址：杭州市体育场路 347 号
　　邮编：310006
　　网址：www.photo.zjcb.com
制版：杭州浙信文化传播有限公司
印刷：浙江海虹彩色印务有限公司
开本：889mm×1194mm　1/32
印张：6.5
2022 年 1 月第 1 版　　2022 年 1 月第 1 次印刷
ISBN 978-7-5514-3513-0

定价：48.00 元

CONTENTS

目 录

富强　民主
文明　和谐

自由　平等
公正　法治

爱国　敬业
诚信　友善

序
一

　　《遗珠拾粹，古村沉香：遗落于八婺古村落记忆
里的故事》正式出版了，一直致力于研究金华古村落
文化的我们也践行了自己的初心和使命。

　　一、编书由来

　　"水通南国三千里，气压江城十四州"，说的就是
金华。金华这个地方自秦置县开始，已有 2200 多年
历史，风景秀丽，人文风雅，历史博大，文化精深。
金华市古韵文化发展有限公司组织我们编写人员走进
金华的古村落，让我们深切体会到中国优秀传统文化
根源之深、渊源之久。弘扬优秀传统文化，服务当代
中国现代化建设，我们责无旁贷，于是产生了讲好金
华故事，宣传社会主义核心价值观，向党献礼的动因。

　　二、编选宗旨

　　概括地说是"三服务"。

　　1. 服务于社会主义核心价值观的宣传和普及。
我们以故事的形式宣传社会主义核心价值观，有如春
风化雨、润物无声，有助于更好地把社会主义核心价
值观转化为人们的情感认同和行为习惯。

　　2. 服务于"文化浙江"建设。浙江省正在大力

实施优秀传统文化传承发展工程，我们研究古村落文化，做好优秀传统文化的教育普及，推进优秀传统文化创造性转化和创新性发展，让优秀传统文化活起来、传下去，并以此为起点，建立起文化自信，助推"文化浙江"的建设。

3. 服务于实施乡村振兴战略。农村文化振兴要从农村，特别是承载了中国优秀传统文化基因的古村落和乡愁记忆最丰富区域的实际出发，把传承和弘扬优秀的农耕文化和民俗文化作为乡村文化复兴的内容。《遗珠拾粹，古村沉香：遗落于八婺古村落记忆里的故事》编选的正是优秀的农耕文化和民俗文化。她可以丰富文化礼堂等农村文化阵地的内容，助推农村文化建设。

三、选材要求

1. 选材标准。符合社会主义核心价值观的要求。按古为今用、推陈出新的思路，对浩瀚的古村落文化故事进行鉴别选择。

2. 选材范围。发生在金华大市内的农村，特别是古村落里的故事。

四、编选体例

1. 全书框架。以陈望道的故事为导入，引导读者学习陈望道先生追求真理的事迹；书的主体由 43 个故事组成，让读者在愉悦的阅读中接受社会主义核心价值观的教育；以艾青和他的诗句为结尾，让读者在读完全书后，学习诗坛泰斗艾青，不忘初心，牢记使命。

2. 故事写作结构。先写故事发生地村落的简介，继写村落里发生的故事，后写故事中重要人物注，形成"村落简介—故事—重要人物"的写作链。村、事、人有机结合，既突出古村落的特点，又让故事鲜活立体起来，增加可读性。

3. 图文关系。以文为主，配以相应的图片，尽力做到图文并茂，增加可看性。

以此为序。

编者

2021 年 12 月

　　前些日子，我陪同中央电视台《中国味道》栏目组在我老家拍摄《汤溪传统美食》，接到教育界老朋友电话，嘱我为他们最近编写的《遗珠拾粹，古村沉香：遗落于八婺古村落记忆里的故事》作个序。这几位老先生为向中国共产党成立 100 周年献礼，在一年多时间里退而不休，笔耕不辍，其精神实在感人。我花了约一周时间，认真仔细地拜读了书稿。书确实编得不错，不仅内容丰富，通俗易懂，且文笔生动，情趣高雅；不仅适合广大市民阅读，更适合广大青少年阅读。在践行社会主义核心价值观，实现中华民族伟大复兴梦的今天，特别具有现实意义。

　　《遗珠拾粹，古村沉香：遗落于八婺古村落记忆里的故事》一书，编写的是金华市部分古村落里发生的故事，对浩瀚的古村落文化，特别是对先人传承下来的价值理念和道德规范，有鉴别地加以对待，有扬弃地予以继承，古为今用，推陈出新，将传统文化以故事的形式展现在人们的面前，达到以文化人，以德育人之目的，让社会主义核心价值观转化为人们的情感认同和行为习惯，可谓春风化雨，润物无声。

　　本书在编辑上颇有特色，在讲故事的同时，不忘故事发生地乡镇、村落及山河的介绍，并对一些历史人物作了备注，这样既扩大了知识面，又增加可读性，更利于人们增加乡村情结，记住乡愁。

　　金华历史悠久，不仅风光秀丽，而且文化底蕴深厚。八婺土地，古村落众多。加大保护、传承、发展古村落文化的力度，形成"文化＋"或"＋文化"，这对于新农村建设、乡村振兴都是强劲的新动力。

　　文化是古村落的灵魂，世世代代口口相传的经典故事，更是文化中之精华。让我们好好去品味《遗珠拾粹，古村沉香：遗落于八婺古村落记忆里的故事》，会有感悟，定有收益。

　　是为序。

金华市非物质文化遗产协会会长

金华市人大原副主任

陈三富

2021 年 12 月

卷首语

陈望道：从柴屋里捧出太阳的人

　　义乌分水塘村，一个远离义乌城区的山村，是《共产党宣言》中文全译本首译者陈望道先生的故乡。

　　故事发生在 1920 年 2 月。为翻译《共产党宣言》，陈望道秘密回到家乡分水塘村，躲进了离住宅不远的一间破旧柴屋，开始研究翻译。屋里只有一块铺板、两条长凳搭成的桌子，一日三餐都由母亲送来。由于夜以继日地工作，先生消瘦了许多。母亲看了心疼，特地包了粽子，配上红糖给他补身体。后来，母亲来收拾碗碟，却见他满嘴墨汁。原来先生全神贯注，竟将砚台里的墨汁当作红糖蘸粽子吃了。他不舍昼夜、字斟句酌，终于在当年 4 月完成了《共产党宣言》的翻译工作，"从柴屋里捧出了一轮太阳"，初尝了真理的味道。

　　1920 年 5 月，陈望道收到电报，《星期评论》社邀他担任该刊编辑。于是先生带着翻译完的译稿来到上海，住在三益里李汉俊家里，并把译稿连同日文、英文版《共产党宣言》交给李汉俊校阅，之后又给陈独秀再校，最后又由先生自己改定。原准备在《星期评论》上连载，但因该刊进步倾向被当局发现，被勒

陈望道（编者提供）

令停办。直到当年 8 月，《共产党宣言》才在共产国际资助下，由"又新"印刷所以社会主义研究社的名义出版。首版仅印 1000 册，全部送人，目前国内仅存 11 册。因 8 月版书名错印成《共党产宣言》，所以 9 月又再版重印 1000 册，同时把书名改正过来。

由于中共建党初期的需要，继"又新"印刷所之后，平民书社、上海书店和新文化书社等又相继大量出版《共产党宣言》，仅平民书社在 1926 年 1 月至 5 月就重印 10 次。北伐战争年代，《共产党宣言》印得很多，随军散发，几乎人手一册。

陈望道翻译的《共产党宣言》就这样成为当时国内流传最广、影响最大的马克思主义经典著作，对于宣传共产主义起到重要作用。陈独秀曾发函北京、武汉、长沙等城市，要求他们也建立共产主义小组或支

部，同时寄去陈望道译本《共产党宣言》。各地小组
或支部成员通过学习，建立起对马克思主义的信仰，
为 1921 年中国共产党的创立奠定了重要思想理论
基础。《共产党宣言》深刻影响了毛泽东、刘少奇、
朱德、周恩来、邓小平等人。

　　陈望道（1891—1977），著名革命家、社会活
动家、教育家、学者。早年主编《新青年》，参与了
中国共产党的创建。中华人民共和国成立后，历任复
旦大学校长，《辞海》总主编、全国政协常委、全国
人大代表、中共十大代表、上海市政协副主席、民盟
中央副主席等职。

蔡希陶故居乐顺堂建于清光绪年间，这里曾举办蔡慕晖和陈望道的婚礼（胡展／摄）

富民文和　强主明谐

卢文台和白沙古堰

luwentai he baisha gu yan

（婺城区白沙溪的故事）

▲ 白沙溪上伐竹人（卓德强／摄）

村落简介

白沙溪，又名白龙溪，位于金华市婺城区西南部，发源于遂昌、武义两县交界的狮子岩，从沙畈溪口门阵入境，接纳银坑溪、大铺水、左别源等支流后入沙畈水库，经金兰水库后，又流经琅琊镇、白龙桥古方村、新昌桥村，直至乾西乡石柱头入婺江，主流长 68.3 公里。

1900 多年前的东汉时期，现在金华所在的地方叫作长山县。那时，今南山一带、白沙溪边到处野花艳丽，芳草萋萋，虫鸣兔奔，蝶舞蜂飞，一派山清水秀的景象。有一天，正是太阳偏西时分，一队军士沿白沙溪从远处匆匆而来，为首的是一位方面大耳、身材魁梧、面目和善的将官，这人叫卢文台。

此前，卢文台一行人从宜阳出发，一路晓行夜宿，走走停停。这一日，他们走到一个叫辅苍的地方（今婺城区沙畈乡停久村）。卢文台边走边东张西望，突然，他站住身，向快步前行的军士挥了挥手："停下，停下，都停下！"

众人停下脚步，其中一个军士问："将军有什么事？"卢文台摆了摆手："我讲过，现在我们一不在朝中，二不在军中，大家都兄弟相称，叫我大哥好了！""是，大哥，我们走得好好的，为什么停下？""弟兄们跟我出来，还不是因为厌烦了打打杀杀、钩心斗角、你争我夺的生活吗？""是啊。""这次我们急流勇退，不正是想找一个地方隐居下来，过平静安稳的日子吗？""对啊。""我们一路过来已经好几十天了，你们看眼前这块地方怎么样？"

众人朝四面一看，个个叫好。一个说："这里地势开阔野草长，开荒挖地好种粮。"一个说："这里山青青，可以砍柴烧饭；水清清，方便浇田灌地。"大家你一言我一语，都说这个地方好。卢文台点点头："好，那我们就在这里安家吧。"接着他一一指点：哪块地方种粮，哪块地方搭房，哪块地方开沟引水……

大伙说干就干。第二天，他们到附近老百姓家借来钩刀、锄头等工具，有的砍竹子，有的割茅草，有的平地基，很快，3间简易茅草屋搭起来了。"结草为庐"之后，他们又找到打铁店，来个"化剑为犁"，将各人佩带的宝剑，除留下几把防兽以外，都请铁匠打成锄头、钩刀。大伙又买来烧饭的炊具，在这里安下了家。后又齐心协力锄草烧灰、开荒种地。时间一长，田地越来越多。这个新开发的地方就叫卢畈。

当时，白沙溪水势湍急，晴易旱，雨易涝，两岸百姓深受其害，不得安宁。卢文台目睹此状，觉得金华、兰溪、汤溪要富起来，必须治好白沙溪。于是他率部将和当地百姓一起，利用河流水势落差拦水筑堰，开渠引水灌田。这一工程自卢文台开始，前后延续 178 年，他及他的后人与当地百姓先后建成三十六堰，使原来的白沙溪流域的农田成为自流灌溉、旱涝保收、绵延数百里的粮仓。三国吴赤乌元年（238），遇大旱，周边许多地方禾苗枯焦，颗粒无收，而白沙溪流域农田因有三十六堰之水灌溉，获得大丰收。当地百姓对卢文台感恩戴德，十分崇敬，称其为"白沙老爷"，并立庙祭祀他。

卢文台不恋高官厚禄，甘居穷乡僻壤，结草为庐，化剑为犁，垦荒种地，治水造堰，致富一方，真是位了不起的历史人物。

注：卢文台，东汉初辅国大将军。公元 60 年，因不满朝政，他挂冠弃职，率部将 36 人出宜阳（洛阳西南），下江南，韬迹隐退来到婺南辅苍（婺城区沙畈乡停久村）。在这里，他带头修筑白沙溪三十六堰，造福溪流两岸金（华）兰（溪）汤（溪）地区方圆数百里。当地百姓十分爱戴敬仰卢文台，敬称其为"白沙老爷"，先后建造 36 座白沙庙，供奉"白沙老爷"。现停久村有卢文台墓，为金华市文物保护点。

▲ 停久堰上舞龙祭奠卢文台（卓德强／摄）

ruanyao gai sha zao tian bao fengshou

阮瑶改沙造田保丰收

（武义县白溪村的故事）

白溪村边小白溪上的古桥——仁寿桥（徐文荣／摄）

村落简介

　　武义县白洋街道白溪村位于县城的东面，距县城 2.5 公里。早在 1600 年前的魏晋时期，这里就已经有人居住，是一个历史悠久的古村落。村南有一条小溪，名曰小白溪，发源于三十里坑，蜿蜒曲折，延绵 100 多里，潺潺涓涓，终年淌着清澈的流水，溪中鱼游虾戏。村北是西北－东南走向的白阳山，山体高而起伏，连绵不绝，犹如一条巨龙，横亘江畔；山上林木葱郁，秀美异常。

　　白溪村以溪为名。祖辈们说，白溪沿岸原本是一片沙地。西晋时，有位叫阮瑶的人，为改善当地生产生活条件，率领百姓改沙造田。他们靠着一双肩膀，一担一担地挑走了河滩上的沙石，一担一担地挑来了肥土回填。经过一代代人的努力，白溪有了上千亩良田。百姓们将这些良田称为"阮田"。

　　除了"阮田"，白溪还有"阮堤"，这是阮瑶带领百姓在白溪上建造的一座堤坝。堤坝筑成后，既能引白溪水灌溉农田，也有效减少了洪水带来的灾害，还提高了河流的运载能力。这堤坝至今还横卧在白溪上。

　　阮田、阮堤对当地的社会经济发展有较大的贡献，使白溪较早成为武义的鱼米之乡。阮瑶作为武义早期的农业农田水利专家，深受百姓崇敬。当地百姓专门在白阳山脚建造阮侯庙祭拜他。

注：阮瑶，晋代开封人，喜好山水。为避魏晋乱世，隐居武义县白阳山不仕。

ju di suo nanjiang

巨堤锁南江

（东阳市联盟村的故事）

村落简介

东阳市联盟行政村，属横店镇，距横店影视城 5 公里，下辖樟庄、新屋、上石头三个自然村。联盟村是东阳古村文化传承和现代产业融合发展的典型村之一。早年间，擅长建筑工艺的联盟村工匠们组成"东阳帮"远走他乡，从事建造业，闻名全国的徽派建筑许多都是出自这些工匠之手。该村的樟庄新厅、上石头廿四间头更是很好地展现了东阳建筑工艺。

联盟村还是红色革命之乡。土地革命时期，该村是中共东阳中心县委的主要活动地之一，先辈们在这里书写了革命斗争的壮美史卷。坐落在横店第二公墓内的烈士纪念碑便是见证。

南江是联盟村的母亲河。对当地人来说，20 世纪 80 年代，改造治理南江的壮阔图景至今还历历在目。随着南江的改造，横店影视城的兴起，联盟村人抓住机遇，靠发展旅游民宿业和红木家具业富了起来。

联盟村，位于横店镇西南部，西邻横店通用机场，东南侧是南江生态廊道（张向平／摄）

"说东阳，道东阳，东阳有两条'烂肚肠'……"这是东阳市早年流传的一首民谣。两条"烂肚肠"，一指东阳江，一指南江。以南江为例，一到汛期，浑黄的洪水奔涌而出，疯狂肆虐，整个南马盆地便成了汪洋，两岸的村子孤零零地被困在水中。

1989 年 7 月 23 日，南江边电闪雷鸣，洪水滔滔……在处于江口的联盟村里，底楼水位已淹至膝盖；各农户家中所有的粮食、猪牛羊以及行动不便的老人等都被转移到了村后的高坡上；坡梁上，牛叫声、猪叫声、婴孩哭泣声和大人怨叹声混成一片。

次日，洪水消退后的场面是这样的：村外，泥沙将上百亩稻田吞噬殆尽。村内，许多泥房墙倒屋倾，还有一些人家的墙脚被侵蚀一空；街巷乃至每家屋内都积着厚厚的淤泥，各类物什胡乱堆叠挤压；露天粪缸粪水四溢，村中到处散发着恶臭。有的人家大橱里竟钻进了肥大的草鱼，倒也悲中有喜。稍后，外地亲戚挑来了"大水饭"，政府干部送来救灾物资，卫生防疫人员开展灾后救援……

历尽劫难，联盟人发出了亘古未有的"根治南江水患"的誓言！于是，动人心魄的一幕出现了——寒风呼啸的冬日，干涸的南江河床上人头攒动，男女劳力大会战打响，号子声此起彼伏。挑土者个个肩搭毛巾，挑着一担担沉重的泥土，双手扶着畚箕柄，将填充料运送到江堤部位。两两搭配的扛石者，扛起500多斤重的用于驳坎的石头，面不改色走路稳。众人手脚几乎冻僵了还在咬着牙干。这是1989年冬季联盟村大兴水利、修筑江堤的情景。

在支部书记的带领下，联盟村全力治南江，在民国时期修筑的老沙塍外部新筑一条沙塍，以构筑抵挡洪水漫溢和防止水土流失的双重防线。整个2.5千米长的河岸被分为4个标段，又按每户修筑15米的量进行细化分解。修筑的标准是：顶部3米收口，底部宽14米，高5米，达到能抵挡百年一遇大洪水的标准。清淤与筑堤同步展开，江边原用于阻滞水流的杨树全部被连根翻起，随后在修筑好的沙塍上重新植树加固。

为了治江，联盟村很多有着好手艺的年轻人不

联盟党群服务中心（张向平 / 摄）

再出门揽活赚钱，而是一心扑在治江工地上；种田人也是忙得连责任田都顾不上。虽然一天的劳动补贴仅2元，但村民毫不计较，因为他们深知，只有根治了这条"烂肚肠"，未来才能过安生日子。

1990年8月，南马区南江治理工程现场观摩会在联盟村举行。南江洪魔制造的一次次灾难让听者揪心，而全民上阵的治江故事更令听者动容。县、区领导在会上动员南江沿岸各乡镇、村庄要向联盟村看齐，全力打赢南江流域治理的宏大战役！

巨堤一俟筑成，新老沙塍内外低洼处成了湖泊与沼泽，湿地面积倍增。于是150余亩湿地逐步被开发为鱼塘，部分湿地被开垦为良田。2011年，联盟村投资300多万元，将村前的卢家塘扩大至18亩，大手笔建造亭台水榭，以供休闲观光。

shidong shuyuan
fengyunhui

石洞书院风云会

（东阳市郭宅村的故事）

村落简介

　　东阳市郭宅村为东阳历史文化名村，现属湖溪镇。南郭、湖溪等三条公路穿村而过，使该村成为东阳交通要道，素有"十里长衢"之美称。郭宅始建于北宋咸平四年（1001）。村内石洞书院是东阳市重点文物保护单位，为宋代名儒郭钦止于南宋绍兴十八年（1148）所建，后几经重修，现书院内有朱熹纪念馆。村里的民俗有源于明代的每年正月十八庙会迎蜡烛。郭宅大蜡烛每根高5米，重500多公斤，由32个壮汉擎抬，其制作是木雕、制蜡、堆塑、剪纸等工艺的大融汇。郭宅大蜡烛被称为"中华一绝，郭宅巨蜡"。

▲ 石洞口（张向平／摄）

　　东阳人办学好学之风源远流长。现属东阳湖溪镇郭宅的石洞书院便是当时名家云集的讲学场所。

　　郭宅村的始祖是唐代名将郭子仪的十世孙郭瑶（851—919）。郭瑶满腹经纶，文韬武略。他在郭宅（古称高塘）教授子弟，高徒众多，声名鹊起。

　　祖上之风，后世传承，到宋代郭钦止（1128—1184）这一代更是青出于蓝而胜于蓝，"一门办七书院"。宋绍兴十八年（1148），郭钦止在山清水秀、花明洞幽的郭氏山林，修建清旷亭、倾月亭等九亭，开凿百步石级建石洞胜景；又建砖墙瓦屋 30 余间，创办石洞书院。同时划出数百亩良田，以田产收入作为书院修缮费用和教师工资等开支，并捐出家中几万卷藏书充实书院。

　　更了不起的是，郭钦止聘请了众多当时名闻天下的大儒来书院讲学，形成了大儒云集、学派争鸣、

石洞书院（张向平／摄）

民主讲学的学术风气。

他聘请著名思想家，永嘉学派的代表人叶适执掌师席（类似于院长）。聘请吕祖谦、陆九渊、陈傅良、陈亮、魏了翁等大家来讲学，就连大诗人陆游也被请来了，好一派精英聚石洞的景象。

一天，大儒们坐一起喝茶聊天。郭钦止遍数天下英豪，心里忽然觉得缺了谁。原来当时最著名的大儒朱熹还没请到。于是大家商量，该由谁出面去请当时正在武夷山讲学的朱熹来此一游，顺便也给书院讲学。大家一致推荐由陈亮出面邀请，信也由他写。陈亮也不推辞。但郭钦止却担心起来：他知道陈亮和朱熹在学术见解上不合，有过长时间的学术之争。由陈亮出面邀请，朱熹能来吗？

陈亮却肯定地说："你放心吧，重阳那天朱熹一定赶到。我们两人几年没碰面，他想争还没有对手，正寂寞呢。如不是我出面，他倒真的不一定会来。"

到了重阳那天，陈亮起了个大早，约郭钦止到山口接朱熹。郭钦止说："不会接个空吧？"陈亮说："不会的，朱熹不是那种让我们失望的人。"话刚说完，一身行脚道人打扮的朱熹背着个包袱，匆匆赶到了。陈亮和朱熹两人一见面，招呼也来不及打，就争开了。年长陈亮13岁的朱熹劈头就说："你上次信里所讲的'王霸''功利'观点不合理学，祖谦偏袒你。"陈亮也不相让："功利和道义本来就不可能截然分开，我们争论不能空谈，就是要解决社会实际问题。"两人你一言我一语，争得面红耳赤，朱熹毕竟年长，最后说："你小子，可畏！可畏！"

石洞书院一时名流会集，讨论的讨论，作诗的作诗，写字的写字，学术交流，观点碰撞，好一个学术民主的名人荟，一连几天都是这样。后人把这些名人在一起的交流成果编成了一本《石洞遗芳》。

为了纪念朱熹的到来，郭钦止让人在朱、陈会面的山口建了座亭子，以朱熹的号命其名为"紫阳亭"。当地人则叫这座山为"紫阳山"，叫紫阳山上红艳艳的映山红为"紫阳花"。亭、山、花记载着当年石洞书院的辉煌，传承着不计学派、百家争鸣的民主办学风气。

附：故事中相关人物的简介

• 郭钦止（1128—1184），家学渊源，轻财好施。1148年独力创办石洞书院，创东阳民间兴学之新风。捐田数百亩和石洞之山为书院产业，捐家中藏书充实书院，聘当时名流来此讲学交游。叶适评价他"以学易游，而不以物乐厚其身；以众合独，而不以地胜私其家"。朱熹为他写《郭钦止墓志铭》。陈亮称郭钦止与其二子郭津、郭淇三人为"东方学者"，是"学之初兴"的有力创导者。

• 朱熹（1130—1200），祖籍江西婺源，生于福建三明。南宋著名的理学家、思想家、哲学家、教育家、诗人，闽学的代表人物，是孔子、孟子以后杰出的儒学大师。

• 吕祖谦（1137—1181），浙江金华人。吕祖谦家世显赫，以进士入仕，是南宋著名理学家、文学家。吕祖谦博学多识，主张明理躬行，学以致用，反对空谈心性。他所创立的"婺学"（又称"金华学派"），是当时最具影响的学派。与朱熹、张栻并称"东南三贤"。

• 陈傅良（1137—1203），温州瑞安人。南宋著名学者、政治家、思想家、教育家，以进士入仕，为南宋一代名臣。陈傅良是永嘉事功学派承前启后的重要学者，和同时代的陈亮观点近似，世称"二陈"。永嘉学派与以朱熹为首的道学派（亦称"闽学派"）、以陆九渊为首的心学派（亦称"江西学派"），形成鼎足而立的全国三大学派。永嘉学派和以吕祖谦为代表的金华学派、陈亮为代表的永康学派合称为浙江学派（亦称"浙学"）。这一学派反对空谈心性的程、朱理学，注重研究经世致用的事功之学，提倡学术接触实际，以提高思想水平和政治上办事本领。

• 陆九渊（1139—1193），江西人，南宋思想家、教育家，以进士入仕。陆九渊为宋明两代"心学"的开山鼻祖，与朱熹齐名，而见解又多不合。他提出"心即理"的哲学命题，说"宇宙便是吾心，吾心便是宇宙"。明代的王阳明弘扬了陆九渊的心学，完成了心学的集大成，故"心学"也被后世学术界称为"陆王"学派。

•陈亮（1143—1194），浙江永康人，以进士入仕。南宋杰出的爱国主义者、思想家、文学家。他敢于挑战权威，对朱熹的理学进行批判，针对朱熹的思想，提出："功到成处，便是有德；事到济处，便是有理。"

他认为"义"和"利"可以统一，"天理"和"人欲"也不是绝对的对立，处理问题应该"顺民之心，因时之宜"。他以"事功"为核心而建立的"永康学派"，对社会产生了深刻影响。

•魏了翁（1178—1237），四川人。南宋著名理学家、文学家，以进士入仕，官至国子监国子正等。他推崇朱熹理学但又有怀疑，提出"心者人之太极，而人心又为天地之太极"，强调"心"的作用，和陆九渊接近。

•叶适（1150—1223），温州永嘉人，南宋著名思想家、文学家、教育家。师从名儒陈傅良。叶适主张功利之学，反对空谈性命，对朱熹学说提出批评，是永嘉学派的集大成者。

朱熹像（张向平/摄）

石洞口村村景（张向平/摄）

bainian laodian zhuyulong

百年老店祝裕隆

（金华市祝裕隆布店的故事）

200 多年前，有一位名叫祝丹山的小商人，在兰溪西门租了一间小店面，开了一爿叫"祝恒源"的布店，这就是大名鼎鼎的"祝裕隆"布店的起源。若干年后，祝丹山又在金华西市街、游埠镇开设了"祝裕隆泰记布店""祝裕隆成记布店"，至此祝裕隆成为金华、衢州、严州一带最大的商号。200 多年间，祝裕隆布店历经太平天国运动、八国联军侵华、抗日战争等风风雨雨，绵延七代，久盛不衰。旧时，浙江中西部的千家万户、男女老少无人不晓。

1790 年，金华祝裕隆泰记布店开张的时候，祝丹山召集祝氏八房老少（那时祝氏子孙已繁衍为八个房头）议事，决定祝裕隆布店实行所有权和经营权两权分离，委托经理人经营制度，并立下两条规约：

一、祝氏每房推一个代表作为店主（类似于现在的董事）。店主负责年终来店议事，听取经理的经营情况报告，决定经理的去留；平时店中一切经营权、人事任用权、奖罚权等均由经理行使，店主概不加干涉。

二、祝氏店主家属一律不得在店内任职，包括当学徒及一般员工。祝氏家族成员，不得在店内暂借银两或拿取店中一丝半缕。乡里的祝氏家族成员因事来城，只允许在店内一宿两餐，不得多作滞留。

主家的豁达、民主与用人不疑的品格，换来了经理人的忠诚、文明和谐的经营，使得祝裕隆"生意兴隆通四海"。

祝裕隆的经理人是时称"徽骆驼"的徽商。徽商讲商业道德，以诚待人，以信接物，以义为利，吃苦耐劳，坚韧不拔。祝裕隆三爿店，从经理到店员、学徒，清一色是徽州人，店内通行徽州方言，进店如入徽地。

经理、雇员代代相传，历任经理均从本店出身的学徒中提拔。200多年来，受雇者中，无一贪污渎职；各个营业店均一片祥和，无吵闹扯皮，待客如宾，迎送到门。曾经，九十岁高龄的经理汪瑶圃留在店里边养老，边帮助处理店事。祝家店主把他当"太上皇"看待。

祝裕隆数代下来一脉相承，续写着她的辉煌。

lanxi shefeng wenyigong

兰溪社峰文仪公

（兰溪市社峰村的故事）

村落简介

　　社峰村属兰溪市永昌街道，村中有一山名社峰，村以峰名，建于 750 多年前，是中国传统历史文化名村。村中建于明代的积庆堂，为全国重点文物保护单位。积庆堂具有很高的历史、科学和艺术价值，对研究我国明清时期江南建筑技艺、技法、营建理念及传承衍化过程具有典型意义。

▲ 积庆堂（编者提供）

▲ 吴公墓（编者提供）

社峰是一个古村落，也是远近闻名的富裕村。700多年前，始祖吴文仪，人称"文仪公"，从睦州（现淳安一带）迁到社峰这块风水宝地。文仪公有文化，有胆略，他利用当时朝廷对开荒给予一些鼓励性优惠政策的机遇，做了一个村庄发展规划，把西边的三条山岗、东边的三条水脉都规划到开垦的范围之内，目标是即使村子发展到五六百户也够吃够用。

文仪公召集大家议事，决定把村里的田分成公田、私田。私田谁开垦就归谁，开垦多少给多少，根据当时朝廷的政策，头二年免税，三年后再根据土地面积收税，但税收不重。公田摊派给各户义务耕种，收入归公。公田的收益主要用于村里的公共事业，如祭祖修墓，做善事救济穷人，修桥铺路，修水利，建祠堂等，这些开支不再摊派到农户。这样的决定让村民有了积极性，有了当家作主的感觉。而且文仪公办事民主公平，大家信得过。社峰村就这样逐渐富裕起来。社峰村的田地不够了，文仪公又想办法把邻近村的田买过来，连成一片，有利于水利资源的合理利用。据说社峰村的田竟一度连接到兰溪的城郊。

田多收获的粮食也多。粮食多了就出售，各路粮商闻风而至。有一次，一个徽州粮商穿着软靴查看谷堆，他在谷堆里走了一天，生生把一双软靴磨破了，可见当时谷子之多。

村子要发展，光靠卖谷子不行，因为谷子价不高，而且只能被动等买家上门来买。文仪公又召集大家议事。村里有个能人，提出开砻谷作坊，把谷子打成米，再把米运到城里出售。好主意！大家一呼百应，齐心协力就将砻谷作坊开起来了。打出的米先用竹筏从溪里运到金官插（现插口村）小埠头，再从那里装到大河里的船上，运到兰溪、龙游、衢州等大地方去卖，所得利润是谷子的好几倍。

大量的砻糠没人要怎么办？村民就将砻糠从清步桥上倒下去，让它随水漂出去，从村子的小溪一直漂到富春江的七里泷。下游的鸭鹅吃了这些富有营养的砻糠，都长得肥起来。于是还有人慕名来买米、买砻糠，用现在的话说，还做了活广告。

houchen cun de biange

后陈村的变革

（武义县后陈村的故事）

▼ 后陈村村景（张建成／摄）

村落简介

　　武义县白洋街道后陈村位于武义县东部，距县城4公里，辖湖头、皮店、后陈3个自然村。后陈村历来重视饬风纪、敦民俗，加强对村民的公德教育和制度约束。21世纪初，后陈村建立村务监督委员会，成为全国首创，其财务监督制度成为农村基层民主政治建设创新的典型。2005年，中华人民共和国司法部授予该村"全国民主法制示范村"。

　　故事从2003年开始。

　　一方面，后陈村地处城郊，2000年以来，村里陆续被征用1000多亩土地，村集体能支配的征地款有1900余万元。另一方面，村民对村级财务不公开、管理混乱的情况深感不满，连续上访，但都没能得到根本解决。尽管2003年下半年，后陈村成立了由村民代表组成的财务管理小组，规定每笔财务支出都要张贴在村办公楼外的围墙上，让所有人都能看到。但是，仍没解开村民心中的结。因为对于这些土地补偿款怎么花，村民和村干部有不同的看法。村民的诉求就两个字：分钱。而村干部的态度也很坚决："不分，用来发展集体经济。"矛盾迅速激化。2004年，上级派来的工作组进驻后陈村，经过一个月调查了解，摸清"症结"：原来此前村里有个采砂场，每年有几十万元的承包款，但村民一分没见着。承包给了谁？钱花到了哪里？村民大多不知情。而连续3任村干部都因经济问题"落马"。因此，村民不放心这些土地征用款放在村里，担心又被村干部"挪用侵吞"。工作组与村干部、村民代表、党员连续4天开会到深夜，最终达成共识：设立第三方监督组织。

2004年6月18日，后陈村召开村民代表会议，通过了建立村务监督委员会的决议，并选举产生了村务监督委员会。这一新的村务监督机构首先在人事上独立出来，成员由村民代表大会选举产生，只对村民代表大会负责；其次，该机构的职责是监督村务管理制度的实施和村务管理的运作，同时，村里所有财务开支必须经村务监督委员会审核。

后陈村村务监督委员会的成立，使村务的管理权和监督权分离，加大了对村务工作的监督力度，对推进农村基层民主建设具有重大的现实意义。2004年7月11日，中共中央办公厅、国务院办公厅联合发布了《关于健全和完善村务公开和民主管理制度的意见》。文件特别指出，要"设立村务公开监督小组""进一步强化村务管理的监督制约机制"。很快，武义县对后陈村的这一做法进行试点并逐步在全县推广。

一石激起千层浪，"后陈经验"马上引起国内40多家新闻媒体的广泛关注。

2005 年全国"两会"期间，央视一套和新闻频道《新闻调查》栏目连续播出新闻专题片《后陈村的变革》，先后重播 7 次，"后陈经验"一时间成了专家学者热评的焦点。

2005 年，时任浙江省委书记习近平来到后陈村调研，充分肯定了村民自发成立的村务监督委员会，鼓励农村基层民主建设。（来源：《学习时报》刊发《习近平在浙江（三十七）》）此后，浙江省委常委会多次专题研究村务监督委员会工作，并召开农村组织建设专题工作会议，对村务监督委员会工作进行总结推广。到 2009 年 11 月底，浙江全省 3 万多个行政村全部建立了村务监督委员会，覆盖面达到 100%。

2010 年 10 月 28 日，《村民委员会组织法》经第十一届全国人民代表大会常务委员会第十七次会议修订发布，其中第三十二条明确规定：村应当建立村务监督委员会或者其他形式的村务监督机构，负责村民民主理财，监督村务公开等制度的落实，其成员由村民会议或者村民代表会议在村民中推选产生，其中应具备财会、管理知识的人员。2011 年春节前后，习近平、贺国强、回良玉、李源潮等中央领导集中作出重要批示，对浙江省的村务监督委员会给予充分肯定，并要求在全国推广。（来源：国务院新闻办公室网站《浙江省委外宣办

举行"加强村务监督委员会建设"发布会》)

　　武义县的"后陈经验",为全国提供了有益的经验,成为基层民主建设样本,是基层民主建设领域的一次重要创新。2005年,司法部授予后陈村"全国民主法制示范村"。2007年,武义县的村务监督委员会制度获评全国村务公开和民主管理制度创新奖。

ge rang banqiu you hefang

各让半丘又何妨

（永康市八字墙村的故事）

▲ 八字墙老市基——各让半丘故事发生地（周跃忠／摄）

村落简介

　　永康市八字墙村地处仙霞山脉与括苍山脉交会的断裂带上，这里有一个绵延三十里的山谷，永康人俗称其为"三十里坑"。山谷之北有高耸的大寒山；在山谷的最低处，由于白云山上茂密植被的涵养，孕育出一眼清澈的泉水。泉上有千年古刹清泉寺，泉下有千年古村八字墙。

　　安徽桐城有个六尺巷，发生在那里的"让他半尺又何妨"的故事家喻户晓。永康花街有个八字墙，这里的"各让半丘"的故事绝不逊于六尺巷。

　　南宋时，北方人口大量迁徙到江南。地处温州、处州、台州与婺州、衢州、严州交通要道上的八字墙，随着经济发展，交通优势逐渐显现，过往客商众多。南宋庆元年间，这里迁来一户柳姓人家，居住在后溪之东。后来，后溪之西又陆续迁来黄氏和方氏两户人家，三家两地乃合称"柳村"。溪西两户人家开始时相处和睦，但日子久了就因利益问题渐渐发生争执。特别是在用水问题上，黄家凭借儿子多，占据了后溪的埠头（现今叫"黄家埠头"），逼得方家人只得在村西头筑水塘（现今叫"厚仙塘"）洗涤，由此两家结下梁子。

　　随着往来客商不断增多，村口一块三角地便自发形成一处商品交易场所。对这块三角地，方家与黄家本就界限不清，为此发生了激烈争吵。黄家仗着人多势众，一时占得便宜。方家觉得上次争水已经吃亏，这次争地无论如何也要争赢，于是写信求助在外做太守的儿子。方太守马上回信，附诗一首："睦邻积善保清坊，让出半丘扶贾商。刘备孙权付谈笑，百年之后在何方？"家人很快领会了方太守的良苦用心，马上将三角地旁的半丘田让出，无偿提供给来往客商摆摊经商。方家人的行为让黄家人感到无地自容，于是也让出三角地另一旁的半丘田，无偿提供给来往客商摆摊经商。

方、黄两家的义举一时被传为美谈，"各让半丘"不但让两家和好如初，这个故事还惊动了本地官府。官府为旌表方、黄两家的义举，特地在村口造了三间厅，一来让村民有一处集会休闲的场所，二来方便客商歇脚避雨。三间厅左右两边建起两堵墙，向南敞开，合成"八"字形，寓意招纳八方之财。在三间厅后建照壁一座，上书"保清坊"三个大字。三间厅、八字墙、保清坊从此就成为该村的标志性建筑物，八字墙也因集市兴旺而名声远扬，"赶八字墙市"一时成为各地客商经常挂在嘴边的流行语。后来，溪西不断扩大，八字墙集市的名声也越来越大，最后"八字墙"由集市名变成了村名，柳村这个地名反倒被人们逐渐淡忘。

现今，老市基边的八字墙早已经没了踪迹，保清坊照壁也毁于 20 世纪 50 年代。但占地一亩左右的老市基还在，依稀还能看出八字墙朝南开放的形状。庆幸的是，三间厅虽历经沧桑却保留至今，它历经宋、元、明、清几代，破了修，修了败，败了再修，现在留下的是清末风格的建筑，虽然破败简陋，但终究还算有点痕迹遗存，还真应了方太守那句"百年之后在何方"的诗。但"各让半丘"的故事流传下来，已成为睦邻友善的一个美丽见证，成为八字墙人的精神高地，铸就了一代代八字墙人谦让友善、海纳百川的文明情怀。

jinbangxian

金榜先

（武义县敕令桥村的故事）

　　20 世纪 40 年代末期，武义县敕令桥村有一位其貌不扬但心地十分善良、热心公益事业的人，叫徐金榜。他生活上艰苦朴素，吃的是粗茶淡饭，穿的是补了又补的衣服。他的节俭到了令人难以置信的程度——平时，连袜子和布鞋都舍不得穿，走亲访友时，总是先穿草鞋出门，待进村时才换上布鞋；甚至过大年谢天地的那只"谢年鸡"都舍不得吃，要以便宜价格卖给别人。

　　他早年丧妻，孑然一身。辛苦积攒下来的钱他既不买田也不盖房，家中仅有一间楼房和一间小平屋。他认为，买毛竹山比买田盖房划算，既便宜又易于管理。因此，他买了好几百亩位于清溪坑的毛竹山。他写得一手好字，每年新竹成林后，就上山在每根新竹上用桐油墨汁号上"金榜"两字。不料，他却由此出名了，远近都叫他"金榜先"（先，"先生"的略称）。

　　徐金榜虽然自己非常节俭，但他把节省下来的钱和毛竹山的收入全部用于公益事业。清溪大道上的石板是他出钱铺设的，敕令桥到桐琴路边的"金

▲敕令桥村内的李家老屋（编者提供）

榜凉亭"是他造的。为了解决村民饮水困难，他又在村前开了口大井。如今，清溪大道已没有人行走，长满杂草，逐渐要被淹没了；凉亭所在处也被改造成了水田；只有水井还在，周围浇筑了水泥地坪，井水依旧清澈。虽然全村家家户户都已装上自来水，但用惯了金榜水井的村民有时还是会到水井边汲水。半个多世纪过去了，村里人还都在念着徐金榜的好，传颂他那珍惜一袜一鞋一鸡的故事，特别是他积德行善的事迹，都说他是村里文明人的代表。

村里的好风气，对村民的德行也是有影响的。敕令桥有户李姓人家，祖上是从夏嘉畈迁来的，八代单传，到李光珍这一代才有了三个儿子。李光珍的太公、爷爷都是小有名气的秀才，他们家通过开私塾、做生意等发了家。发家后，他们家到处修桥铺路，还进行布施。当年，县城建设育婴堂时，他家进行了捐助；建设熟溪桥时，他家也捐资建造了一个桥墩。

人文明，村和谐，如今的敕令桥已是绿色生态花园村。

yantou shui didi luo

檐头水滴滴落

（婺城区湖头村的故事）

湖头村（李诚／摄）

村落简介

金华市婺城区乾西乡湖头村位于金华市城区西郊，东邻城区，南接白龙桥镇，西通兰溪市，北接竹马国际茶花园。金兰中线、西二环线穿村而过。湖头村是婺城区西部最大的村庄。十里长湖传承着中华优秀传统文化，养育着历代湖头人。

从前，湖头有个老婆婆，辛苦了一辈子，替儿子和孙子都讨了媳妇，可自己身体却累垮了，得了风瘫病，每天躺在床上度日。

俗话说"久病床前无孝子"，何况媳妇呢？起初，儿媳待她还不错，可日子一长，便把她当作"多头"（意为多余），每日里青面白眼、骂声不停。后来，她索性连老婆婆的饭碗都不洗了。那饭碗脏得像个"狗食钵"，气得老婆婆病越来越重，奄奄一息。

这些事情都被过门不久的孙媳妇看在眼里。她时常暗自给老婆婆送些吃的，还常去安慰她，却不敢替老婆婆洗碗，要是洗了，婆婆会对老人骂得更凶。她思考再三终于想出个办法。一日吃饭时，孙媳妇对老婆婆说："太婆，吃完饭，你就把脏碗摔破吧！"

老婆婆哭着说："孙媳妇，你疯了吗？我哪里敢呢！要是摔破了碗，你婆婆会饶了我吗？"

孙媳妇说："别怕，你大胆摔破好了，我有

办法！"

　　老婆婆犹豫了很久，想到自己辛勤操持，把儿子拉扯大，以为日子总算能好过了，没想到娶了媳妇，有了孙子、孙媳，这些年却受了这么多的气，整个村上都没有这般苦命的。她越想越觉得没有活头了，还不如早点死了的好，便用力把碗往地上一摔。"砰"的一声，饭碗当场摔破，老婆婆顿时觉得心里亮堂起来，人生到头，这一口气总算出了。

　　儿媳妇听到摔碗的声音，"咚，咚，咚"跑进来，千个"老不死"、万个"老不死"，把婆婆骂了个狗血淋头，要不是孙媳妇跟着走进来，老婆婆可能会吃她的巴掌呢！

　　这时候孙媳妇说话了："太婆呀，你真当不应该啦！古话说'檐头水，滴滴落'，这个脏碗要是不敲破，以后我还准备给我婆婆用呢！"

　　儿媳妇一听，面孔"唰"地红了，难为情地低下头去，老半天抬不起来。从此她还真的痛改前非，再也不虐待老婆婆了。

qinjia cun

亲家村

（永康市方岩文楼村的故事）

▼ 方岩雪景（应敏／摄）

　　460多年前的一个秋天，永康方岩文楼村的田野有些荒凉。一个十五六岁书生模样的少年正在割猪草、拔野菜。经过的人都猜到：这少年家里一定又揭不开锅了。经过的人中有一位是附近王村的，他知道这少年与他们村的一户人家定了亲。他忍不住把看到的情景和这户人家说了。这户人家的老汉听后很不是滋味，觉得如果把女儿嫁过去，不但女儿要吃苦，自己在人前也抬不起头，于是就单方面毁了婚约。

　　得知此事后，少年不知如何是好，就找到在附近后塘弄村吴大桂员外家教书的父亲商量。吴大桂知道了事情来龙去脉后说："这孩子吃苦耐劳，不忘根本，是个上进的人，将来一定有出息，如果不嫌弃，我夫人绣花房里有二十四位姑娘，可任他挑选一个。"少年的父亲听后很是感激，便说："吴员外这般看得起我儿，这份恩情我没齿难忘。员外若真有此意，请那几位姑娘到学馆来，让我们看一眼就好。"吴员外和夫人商量后就决定让二十四位姑娘款款从学馆门前走过。当她们快到学馆门前时，少年在学馆门前翻倒了一把扫帚。前面二十三位姑娘走过时都从扫帚上跨了过去，唯独第二十四位姑娘扶起了地上的扫帚，安放好后，才大方走了过去。少年告诉父亲，他选中的便是这第二十四位姑娘。这少年叫程正谊，这第二十四位姑娘就是吴员外的女儿吴玫。后来，村里人就称吴玫为"廿四姑婆"，而程正谊就成了"廿四姑丈"。

程正谊后来中了进士，先后担任京城刑部及云南、河南、四川等地方上的大官，直至任大京兆尹。程正谊时常回想起当年因家贫、没有功名而受人冷眼，甚至被退婚的往事，便异常珍惜和吴玫的婚姻，尤其将他们当年在贫寒中相依相守、互相鼓励的情景铭记于心。

程正谊79岁时走完了他不平凡的一生，临终时，他交代子孙后人："千万别忘了后塘弄的恩情……"此后，程正谊的遗嘱代代相传，并渐渐促成文楼村和后塘弄村两个"亲家村庄"彼此拜年的习俗。

每年大年初一，文楼村的程氏后人会不约而同集体到后塘弄村拜年；大年初二，后塘弄村的村民也会成群结队地到文楼村回拜。文楼村内的"大京兆第"会放好一桌桌的席位，摆上菜点、"鸡子索面"招待客人。之后，就是到"廿四姑丈"

和"廿四姑婆"的坟上祭拜。这个习俗在程正谊死后的400多年里一直持续着，浩浩荡荡的拜年队伍成了当地一道独特的风景。后来，还形成了后塘弄村每年农历八月十三"打罗汉"定要打到文楼村，文楼村的正月花灯也要迎到后塘弄村去的习俗。

两村多年的和谐相处，体现着先人富贵不忘贫寒的道德传承。人生的胜景，往往并不是名利场的喧闹，而是在人生窘迫时的相守与相伴之中。

注：程正谊（1534—1612），永康方岩文楼村人，明隆庆五年（1571）进士，先后任刑部主事、云南按察副使、河南按察副使、四川布政使、大京兆尹等职。一代大儒，永康文楼村程氏家族始祖。

yong he qiao

永和桥

（磐安县安文镇的故事）

村落简介

　　磐安县安文镇历史悠久，唐末广明之乱时，因完好地保存了东阳一邑之文化典籍，使其未被兵乱所毁，而得名"平安昌文"。安文镇是著名风景旅游区，境内有省级风景名胜区花溪景区和大盘山国家级自然保护区。宋代诗人陆游游居磐安，留下了"山重水复疑无路，柳暗花明又一村"的诗句。

▲ 磐安石拱桥（编者提供）

　　磐安县安文镇有个东川村，村口有座古老的石拱桥，桥身镌刻的"永和桥"三字，记录着一个动人的故事。

　　话说清光绪年间，村里有对傅姓兄弟，哥哥是石匠，弟弟是农民。父亲在他们还没有成家时就过世了，没有对家产分割做过交代。十几年后，父亲种下的三株香榧树开花结果，成了摇钱树，于是兄弟俩都盯上了香榧树，两人互不相让，争执不下后决定第二天公堂上见。

　　一大早，两人就一前一后地出门了，不料前一天晚上的暴雨把村口的石拱桥都淹没了，两人气馁地坐在桥边等水退去。

　　哥哥把背包放在地上，趁这个工夫在旁边歇息。弟弟没事干，就东张西望。突然，他看到一条长长的、黑乎乎的东西在动，还吐着长长的舌头，后来又蜷成一团，伸出四只脚，变成了一个蛇鳖（传说中由蛇伪装的鳖）。这时候，河水慢慢退去。弟弟朝蛇鳖呸了一下，就过桥去了。

　　走到半路，两人坐下歇息，弟弟拿出玉米饼吃起来。哥哥坐下来把包往地上一放，伸手去摸衣服口袋里的银子。这时，弟弟看到哥哥包里有东西在蠕动，一看，原来是刚才那火炼蛇变成的蛇鳖钻到哥哥的包里了。哥哥一看凭空得了一个大鳖，高兴不已，伸手把这宝贝揽在怀里，浑然不知它是火炼蛇变的。"别碰别碰！"弟弟大叫。"你这小子，和我争香榧树也算了，这送上门的大鳖你也要和我争吗？"哥哥没好气地说。"它不是鳖，它是火炼蛇变的。"弟弟急红了脸，说着一把打落哥哥拿着的大鳖，一脚踢出去。只见受惊的蛇鳖伸出鳖头，慢慢变长，足足有三尺，蛇身扭动，蛇信狂吐，口喷毒液，所溅之处，青草全被烧焦。

哥哥吓得目瞪口呆，弟弟走过来一把拉住哥哥说："快跑快跑，被毒液喷到就完了。"惊魂未定的兄弟俩跑回桥边才稍稍平静。看到弟弟对自己的情谊，哥哥泪流满面说："官司不打了，我们回家吧。"

兄弟俩一前一后回了家，石拱桥见证了两人握手言和的经过。后来，哥哥感慨地在桥墩上刻下"永和桥"三字。以后，凡是心里有疙瘩的人，经过永和桥，想起兄弟和解的事，多大的怨气也都放下了。

san zhuan si wa jianmian li

三砖四瓦见面礼

（婺城区汤溪寺平村的故事）

寺平村里的古建筑的门楼上都镶嵌着精美的砖雕，最多的砖雕
达到11层，雕刻着飞禽走兽、花草虫鱼、戏剧人物等图案（胡展/摄）

村落简介

金华市婺城区汤溪镇寺平村始建于明代。村内徽派风格的古建筑尤其是厅堂面广量大，且保存比较完整，其砖雕艺术令人惊叹。寺平村是中国历史文化名村、中国传统古村落。

清乾隆年间，汤溪一带遭受大灾，人们流离失所。枫林庄（今上境村）的刘肇淦将家中财物尽数拿出扶困济贫，虽弄得自己十分贫困，但他仍勤奋读书，希望学业有成。

隔壁寺平村的戴立本和刘肇淦年龄相同，两人是县学的同窗好友，亲密如同胞兄弟。家境富裕的戴立本处处为刘肇淦着想，而刘肇淦看在眼里，记在心里，对戴立本常为自己花费过意不去，读书更加发愤。

那年，刘肇淦要进京赶考。戴立本自知学识浅薄不是做官的料，加上家境不如以前，难供两人赶考费用，便单独为刘肇淦备了一份盘缠，说："兄弟只管放心去考，我在家里等候你的佳音。"刘肇淦听了十分感动。真是功夫不负有心人，他进京还未进考场，就被乾隆皇帝慧眼相中，直接录用在东宫当老师，一连数年不归。直到乾隆皇帝驾崩，嘉庆帝登基执政，刘肇淦才被御封为"兵部车驾司主事"，荣归故里。

▲ 青瓦白墙、鹅卵小路，宁静悠然，诉说着村庄古老的故事（胡展／摄）

　　回到故里的刘肇淦第一件事就是要到寺平村拜访义兄戴立本，但他熟知戴立本性格，为如何前去谢他伤透了脑筋：送钱，不行，戴立本视金钱如粪土；送礼更不行，戴立本根本不与官家往来，也不接受官家贺礼；空手前去，又难酬谢往日助学之情。翻来覆去好些天，他才想出一个好主意：听说戴立本当年居住的"立本堂"年久失修，如今已破败不堪，不如在修葺立本堂上做点好事尽番心意。

　　这天，刘肇淦脱去官靴穿上草鞋，脱去官服穿上布衫，脱去官帽戴上草帽，肩背农夫耕作时用的汤布（汗巾），在汤布一头扎上三块砖，另一头包上四片瓦，一不鸣锣开道，二不带身边随从，单独步行来到寺平村。一到戴立本家，便把这三块砖四

片瓦放在了堂前桌上。他恭敬地将戴立本扶到堂中交椅上坐下，自己毕恭毕敬地双膝落地深深一拜，说："高官厚禄不稀奇，义重如山为常理，官贵民穷不可论，礼义之交不相疑，物轻情重莫嫌弃，三砖四瓦见面礼。"戴立本站起来扶起刘肇淦，说："愚兄愧领了。"两人握手言欢，之后还一起脱布鞋，卷裤腿，踏泥浆，递砖瓦，上屋顶，与木匠、泥水匠一道修起立本堂来。

　　这件事立刻在当地百姓中传为美谈，一传十，十传百，轰动了汤溪和金华。官员士绅都学刘肇淦的样子，不声不响地赶来搬砖运石，把立本堂修葺得焕然一新。完工那天，刘肇淦在堂中两根柱上题联一对，上联是"创业维艰祖若父备受辛苦"，下联是"守成不易子而孙毋勿骄奢"。此联今天仍留在寺平村"立本堂"屋柱上。

juechu fengsheng fuqi qing

绝处逢生夫妻情

（东阳市马尾山的故事）

▼ 马尾山下良田连片，绿水环绕，村庄林立（张向平／摄）

村落简介

马尾山又名凤尾山，坐落在东阳市防军村东南方的村口，海拔 242 米，山虽不高，但树木众多，枝繁叶茂，景色优美。山脚边有一条古道，崎岖而狭窄，很早以前是黄田畈南马至磐安永康的必经之路。柽溪江水从南而来，流经马尾山山脚时，受马尾山所阻，溪流来了个大拐弯，折西而去。江水冲击山脚的岩石，形成一个既深又有巨大漩涡的水潭，当地人叫马尾潭。在马尾潭的深水下，还隐藏着一个大洞穴，洞口很小，处于溪水之下，上方又被山脚凸出的巨大岩体所遮掩，终年阳光照射不到。洞内冬暖夏凉，每逢炎夏严冬，会有各种鱼类躲入洞内憩息。

马尾山附近有一对夫妻，他们非常恩爱，家庭十分和谐。丈夫张实捕鱼为生，妻子李菊做家务，家中有儿有女，虽然清贫，但一家人在一起还是乐呵呵的。

有一天，丈夫出去捕鱼，偶然进到了马尾山山底洞穴，发现洞内竟是一个"大鱼仓"，喜出望外，就一个劲地捉鱼，完全不顾其他。等他捉够了鱼，洞内已黑，更要命的是他进来时没记住洞口的方位，现在怎么找也找不到洞口。万般无奈，他只好留在洞中，饿了就吃生鱼充饥。说句难听的，就是在洞内等死。

见丈夫天黑未归，妻子李菊便出门去找。有人告诉她曾看见她丈夫在马尾潭捉鱼，但没有看他上来。李菊心急如焚，不顾天黑，请人帮忙下潭找寻，无果。她不死心，一直找了六天，还是找不到丈夫的下落。她终于认命了，万念俱灰，就按本地风俗，身穿孝服，领着子女，来到马尾潭水边沙滩上，摆上各种供品，点起香烛，焚烧纸钱给亡夫祭"头七"。全家人跪地大哭，呼天喊地，痛不欲生，令过往行人为之动容，纷纷上前劝慰。

奇迹就在此刻出现。妻子泪眼中忽见丈夫从洞口爬了出来。原来，妻子焚纸钱的红红火光映射到水底的洞口，在洞中四处寻找洞口的丈夫见有红光，马上意识到这是出口方向。在强烈的求生欲望驱动下，他鼓足了全身力气，顺着红光的方向，艰难地游出洞口，爬上了沙滩。妻子惊呆了，疑是梦中相会。而丈夫见妻子儿女都身穿孝服在祭奠，也迷惑不解。一时之间双方都反应不过来。片刻之后，全家人才抱头痛哭。大家破涕为笑，共庆这绝处逢生、大难不死之喜。

这真是绝处逢生夫妻情，和谐家庭悲化喜。

马尾山（张向平／摄）

yunü he xiaolu

玉女和小鹿

（婺城区鹿田村的故事）

村落简介

　　金华市婺城区罗店镇鹿田村，位于金华北山双龙风景旅游区内。村内有享誉东南亚的道教圣地——黄大仙祖宫，有市级文物保护单位——鹿田书院等名胜古迹。明清时期的贡品"婺州举岩茶"的原产地便在鹿田。鹿田水库是人们旅游避暑的好去处。

▼ 双龙洞（俞越潮／摄）

　　宋代，鹿田村住着位名叫玉女的姑娘，她美丽、善良。后人不知其姓，即以朝代"宋"作姓称呼。宋玉女善针线，能耕作，只是福薄，十八岁便失去双亲，从此，家务、农活全由她一人独挑。

　　一次，村庄遭受连日暴雨。这天，玉女记挂着涧畔的麦子，便冒雨荷锄至地中排水。刚到涧畔，她就听见"哗哗"的流水声中夹杂着动物"叽叽"的惨叫声，循声望去，只见一只小山鹿在洪水中挣扎。玉女立即跳入浊浪，冒着生命危险将小鹿救上岸来。

　　见小鹿的腿受了伤，玉女便将小鹿抱回家中，又去山中采药为小鹿疗伤。在她的精心调理下，小鹿的伤很快就痊愈了。这日，小鹿"叽叽"叫着在玉女跟前跳跃，好像对玉女说："我的伤全好了。玉女姑娘，谢谢！谢谢！"

该育秧了。可玉女那块涧畔的田让洪水冲垮了田埂，肥泥也被冲走了大半，需要运石砌墈，挑泥还田。玉女拿来锄头畚箕使劲干起来。玉女挖石，聪明的小鹿就用角帮着撬；玉女挑泥，小鹿又用双角挑起筐子帮着运。有了这好帮手，玉女很快就修复了冲垮的田。

要耕田了，玉女正想去借牛，小鹿却主动跳到水田中，用角挑起牛轭，似乎说："我也能拉犁，快把牛轭套上，别再借牛了。"玉女笑着为小鹿套上牛轭，吩咐小鹿说："拉不动就别硬撑，小心累坏身体。"谁知小鹿拉起犁来比牛还快，不到半日就耕完了田。从此玉女更把小鹿视作宝贝。

秋去冬来。金华山连降大雪，齐膝的积雪封住了山里进城的道路。玉女和乡邻们都缺油少盐。这天，玉女备了油桶盐罐，决定为乡亲们下山购物解难。正要出门，小鹿绕膝而鸣，似乎说："主人，小鹿我惯行山路雪地，跑得又快，就让我去吧。"还用角钩了玉女手中的桶罐。玉女便把钱袋也挂到小鹿角间，吩咐道："到了城里，去衙前'王顺记'油盐店购货，购了即回，途中小心。"小鹿会意地点点头，就飞奔着下山了。只半日，小鹿就购回了油盐。此后，一次又一次，小鹿帮玉女和乡亲们解除了缺油少盐的烦恼。

一天，小鹿又进城为主人及乡亲们购物，可直至天黑也未返回。玉女和乡亲们心急火燎，即到村前一山峰盼迎。可是，一连半月，也未见到小鹿的身影。

原来，小鹿那日下山后途经"官田经"，被村中一懒汉所逮。懒汉逼小鹿今后为他效劳，小鹿愤而不从，懒汉便用棍棒狠狠抽打，小鹿奋起相抗，用尖角将懒汉臀间顶了个窟窿。懒汉一怒之下竟将小鹿宰杀吃了。

玉女望鹿久久不归，不由伤心成疾，不久就去世了。乡亲们为她建造了坟墓，据说此墓至清代尚存。

为纪念这善于助人并能耕田的小鹿，后来的人们就把村子命名为"鹿田"，把玉女站着盼望小鹿却不得的山峰，称作"白望山"。

鹿田人传承先人精神，和睦相处，人与自然和谐发展。

由等正治
自平公法

bu yuan zuo guan de zhangmao xiansheng

不愿做官的章懋先生

（兰溪市渡渎村的故事）

村落简介

　　兰溪市女埠街道的渡渎村是金华传统古村落，明代南京礼部尚书章懋故里。村中的余庆堂（俗称"上厅"），明代建筑，为全国重点文物保护单位。章氏家庙始建于明，重建于清，是省级文物保护单位。

▲ 章懋像（编者提供）

▲ 女埠渡渎枫山书院（编者提供）

　　明代兰溪人章懋，人称"枫山先生"，自幼聪颖，读书很多。年轻时"连中二元"（解元、会元），被朝廷录用为官。但他不愿为官，按自己的意愿兢兢业业办学传道。

　　章懋家里并不富裕，经常缺米。虽然来拜访的很多人都带了礼物，但章懋从不接受。章懋家米不够了就用麦屑掺到米里做饭。他的学生经常看到他的大胡子上粘着没擦干净的麦屑，还帮他擦。对此，章懋总是一笑置之。章懋每年要请学生吃两次饭，清明一次，冬至一次。因为这两天都是祭祖宗的日子，请学生吃饭是让学生不忘祖宗，好学有为以光宗耀祖。这两顿饭吃的东西便是祭拜先人后撤下来的福物，有什么吃什么，章懋自己和夫人也和学生一起吃，每次都吃到光盘。

　　章懋是大名人，来拜访他的人很多。当时的兰溪官府就在兰溪城里找了一个废弃的尼姑庵送给章懋住。晚年的章懋就从女埠渡渎村搬到城里住。尼姑庵只有两间，低矮局促。章懋构思文章时会站起来在室内绕行，帽子常常碰到天花板，但章懋都没有感觉，照样专心著述。章懋在这房子里一直住到逝世，再没有造过其他房子。

　　章懋的学问和为人天下闻名。他越不想做官，朝廷越想封他为官。他曾被封为"国子监祭酒"、礼部尚书。但章懋上任不久便辞官回乡。

　　有一次，章懋从兰溪到杭州当乡试主考。见同船去的几个年轻考生口吟歪诗，互相吹捧，很是轻狂，便凑上去说："我也吟首诗给大家助助兴。"几个年轻考生见这么一个农民打扮的老头也要吟诗，想笑话笑话他，倒也答应了。章懋说："我只会吟，不会写，就我吟你们记吧。"于是章懋摸着胡子，轻轻吟了起来："蒂蒂一小舟，胡胡水上流，几勾三把桨，急郭到杭州。"这下几个年轻人急傻眼了，这是什么呀！原来章懋吟的是兰溪土话，蒂蒂（方言发音 didi），很小的意思；胡胡（方言发音 huohuo），象声词，流水声；几勾（方言发音 qigou），桨划水碰到船帮擦出的声音；急郭（方言发音 jikuo），时间短，一会儿的意思。其中只有一个衣着朴素、态度卑谦的年轻人说记下来了，红着脸对章懋说："老伯，我只记了点符号，不知道对不对？"章懋说："没关系，能记下来就不错了。"就接过来一看，只见上面记着：··一小舟，○○水上流，——三把桨，‖到杭州。章懋连连叫好："后生可畏，我几句歪诗，经你这么一记一改，就好多了。"于是就念了起来："点点一小舟，圈圈水上流，横横三把桨，直直到杭州。"经章懋这么一念，一首打油诗便变得有板有眼，韵味十足，很有意境情趣了。船上年轻人都觉得无地自容。临走时，章懋对几个年轻人说了句："道德文章，道德在先。

天外有天，人外有人。"后来，那个记录下来的年轻人得中秀才，其他人都落了榜。当他们得知船上遇见的那个人便是大名鼎鼎的章懋时，悔得肚肠都青了。

　　章懋所创办的"枫山书院"，走出了大批名人。曾一身兼任明嘉靖年间兵部、刑部、吏部尚书的唐龙便是章懋的后辈弟子。相传唐龙出入经常步行。手下人请他坐轿，唐龙说："我的先师枫山先生辞官复出后还安步当车，后学都遵循这条规矩，我怎么好违反呢？"可见，章懋"教书"更兼"育人"的品德传承有多深。

　　注：章懋，明代著名谏臣，学者，教育家。字德懋，号闇然翁。兰溪市女埠镇渡渎村人，曾任南京国子监祭酒、礼部尚书，死后追赠太子少保，谥号文懿。

wujiangxue tiao ya

吴绛雪跳崖

（永康市后塘弄村的故事）

吴绛雪（1650—1674），永康历史上为数不多的女诗人。吴绛雪自幼丧母，靠游学教书养家的父亲吴士骐"家严怜弱女，远道亦提携"，带着她"浪迹浙西东"。书香门第的耳濡目染，父亲的谆谆教导，青山绿水间的少年游历，使得本就天赋过人的吴绛雪成了"神童诗人"，几乎无日不诗。古体、近体、回文诗兼具，诗、书、画贯通。她写春天的回文诗"莺啼岸柳弄，春晴夜月明。明月夜晴春，弄柳岸啼莺"为后人赞颂。

吴绛雪生活在明末清初的动荡年代。康熙十二年（1673），吴三桂、尚可喜、耿精忠三人先后出兵反叛清廷，长江以南大半个中国烽烟四起。这时，还没有从父亲病故悲痛中缓过神来的吴绛雪，又得知外出求官的丈夫客死他乡。家事国事的变故使得吴绛雪心力交瘁，仿佛已走到人生的尽头。但吴绛雪终是痛定思痛，重新振作起来。

真正使吴绛雪从一个柔弱才女变成刚烈英雄的是一件事关永康十万乡亲性命的大事。

▲ 吴绛雪殉难处——烈妇亭（周跃忠／摄）

▲ 吴绛雪故居遗迹就在这里（周跃忠／摄）

当时，叛军的一个头目徐尚朝，曾是吴绛雪丈夫徐明英的上司。他对吴绛雪的美色、才气垂涎已久。他传令永康官府速将吴绛雪护送到他的都督行辕，扬言："只有献出吴绛雪，才能免除永康全城屠戮！"

吴绛雪得知这一消息后，真是悲愤交加。父亡夫死已让她万念俱灰，徐尚朝的无耻更令她厌恶万分。她想一死了之，又放不下永康十万父老乡亲的性命。最后，她报着"未亡人终一死耳"的想法，答应了徐尚朝的要求。吴绛雪安排好家中诸事，又不慌不忙地刻意打扮一番，缓步登上在门口接她的软轿。到了徐尚朝的行辕后，吴绛雪严词拒绝了徐尚朝的种种非分要求，坚持在叛军全部离开永康县境之前一切免谈！徐尚朝无奈，只得命令所有官兵绕道永康，向金华积道山一带出发。

清康熙十三年（1674）6月29日下午，25岁的吴绛雪登上白窑岭后下轿休息。她站在重峦叠嶂之上举目西望，但见距此三十里一带烟尘滚滚，估计叛军已离开永康，永康十万民众总算可以免遭兵匪荼毒了。她环顾四周，想着怎样才能摆脱护送她的全副武装的士兵和侍候她的婢仆。她借口烈日炎炎，口干难忍，一会儿蛾眉倒竖厉声斥责，一会儿拱手道福轻声哀求，非让兵丁前去找山泉解渴。兵丁拗不过她的软磨硬泡，一个个攀崖越涧找水去了。吴绛雪以想再看一眼家乡为由，令身边的女婢帮她爬上岭头的一块悬崖。山风徐徐，天朗气清，她无限深情地朝家乡方向瞥了一眼，纵身一跃，完成了从美女、才女到烈女的伟大升华……

shinian shan xia ku lianqing

十年山下苦恋情

（婺城区沙畈乡的故事）

村落简介

　　沙畈乡是金华市婺城区行政区划面积最大的一个山区乡，山林面积广阔，农田面积稀少，是一个以林业为主的纯山乡。金华市最高的三座山峰小龙葱尖、水竹蓬尖、竹棚尖便在其境内，白沙溪穿过全乡进入婺江。早年，粟裕将军率领的红军挺进师在这一带进行武装斗争，因此它也是革命老区。沙畈水库在白沙溪上游，是沙畈乡区域内的重要水利工程，主体工程 1992 年动工，1997 年基本建成，是集灌溉、供水、发电、防洪功能的综合性水利工程，为助力金华经济发展和改善城市居民生活用水质量起到了巨大作用，是造福金华人民的水利工程。

▲ 沙畈村民加工箬叶（陈俊／摄）

　　沙畈水库库区有一座山叫"十年山"，因一个凄美的爱情故事而得名。

　　早年，有个绸缎庄老板的女儿爱上了庄里的小伙计，而那小伙计自知配不上小姐，一直不敢表明心意。直到有一天，小姐表示非小伙计不嫁，嫌贫爱富的老板夫妇一气之下把小伙计赶出绸缎庄，而痴情的小姐却随小伙计私奔，一起来到沙畈村住下。

　　贫寒的日子本应战战兢兢，但两人却情投意合、甜甜蜜蜜。后来，绸缎庄老板带人找到沙畈村，小姐看见丈夫挑着柴从山上下来，便叫他快快逃走。小伙计自知小姐性命无忧，边逃边对小姐说，他这次逃走一定会赚够买下她父亲绸缎庄的钱，希望小

▲ 沙畈乡全景航拍（陈俊／摄）

姐能等他十年，如果十年不回，说明他遭遇不测，就不必等他。

　　绸缎庄老板将小姐带回家，但没过几天，小姐就又逃到那座山上，铁了心要等丈夫回来。爱女心切的父母见女儿爱得如此深切，也没有办法，便在山下给女儿盖了座小房子。小姐每天都爬到山顶等丈夫回来，就这样从十八岁等到了二十八岁。整整十年没有等到，她以为丈夫一定早已死了，就在山顶上大哭一场后上吊自尽。

　　再说当年那小伙计，他一路要饭，逃到广州定居下来，什么累活苦活都拼命干，最后用攒下的钱开了一个小绸缎庄。由于他熟悉绸缎庄业务，生意越做越好，成了广州生意最好的绸缎庄的老板。快到第十年时，攒的钱已经足够买下小姐父亲的绸缎庄了，他才提前两个月往沙畈赶。那时候交通条件差，尽管小伙计日夜赶路，但当他来到十年前与小姐分别的那座山时，还是比当年约定的时间迟了三天。他看到的只是小姐的尸体。

　　无限的悲痛让他几次昏死过去，后来就花巨资买下整座山，把小姐葬在山顶，并把山取名为"十年山"。从此，小伙计每年在小姐忌日都去祭拜，诉说思念之情。年老后，他又住进小姐住过的小房子，每天到小姐坟前坐一坐。临终前，他找到一户善良人家，把这座山和余下的财产送给他们，要求他们把他跟小姐葬在一起，并嘱托不管今后这座山卖给谁，都不能把山名改掉。

　　直到今天，这座美丽的山峰还被人叫作"十年山"呢。

duo meng shaonian
shicuntong

多梦少年施存统

（金东区源东乡叶村的故事）

▲ 施存统像（编者提供）

村落简介

　　源东乡位于金华市金东区东北部，是一个半山区乡。四周群山连绵，海拔 822 米的双尖山为区域内最高山；中间相对平缓，形似盆地，数条小溪汇集至洞殿口流入孝顺溪。源东乡是典型的南方小山乡，山清水秀，风景优美，物产丰富，是金华市生态示范乡。源东乡还是革命老区。施存统的出生地叶村就是源东乡一个自然村。现村内有施存统故居，为县级文保单位。

1899 年 11 月 12 日，在金华北山脚下的叶村，有一个小生命诞生了，他就是施存统。

施家世代务农。小存统 7 岁开始就负责供给家用的大部分柴火。在春、秋、冬三季，除了下雨下雪天，他差不多每天都要到离村几里的山上去捡拾松毛和枯枝，每天少则六七次，多则八九次。

施家四世同堂，全家近四十口人。小存统辈分小，常受欺负。于是他有了一个心愿：将来如果得志，一定十倍还报他们，也让他们尝尝受欺侮的滋味。

有一年春节，小存统看到大门上贴着有"状元及第"四个字的年画，就问母亲："娘，状元是什么东西？"

"状元不是东西，而是书读得最好，考中皇榜第一的人。只要考中状元，就可以光宗耀祖做大官。"

"我也要做状元，现在有得做吗？"

"有是有的，要书读得好才行。"

当时叶村还没有学堂，他根本没有读书的机会，但已经做起了当状元的美梦。

有一个故事更坚定了他要做状元的梦想，那就是母亲给他讲的《珍珠塔》。故事主人公方卿读书很好，可家里太穷，连上京赶考的路费也没有。他去向有钱的姑妈借，姑妈不但不借钱，还当面羞辱他。后来方卿高中状元，出了恶气。

后来，他又跟母亲去看了一出"中状元"的戏。

母亲说，中了状元还可以连奏三本，想要怎样就怎样。小存统喜欢极了。他想，他要是中了状元，第一本要奏的就是惩罚那些和他及他父母有仇的人。从此，他对中状元着了迷，不但挂在嘴上而且状元梦连连。

小存统10岁那年，村里办起了私塾。能上学读书了，他十分高兴。读的第一本书是《三字经》，接着读《孝经》等一类书。他天资很好，读的书不但能背，而且能很快明白其中的一些道理。对私塾先生讲的"扬名声、显父母"，他觉得和母亲过去讲的道理是一样的，他就立志做一个孝子，同时考上状元，光宗耀祖。可惜这个私塾办了不到一年就停办了。

小存统12岁那年，村里又办起了一所初等小学堂。在这所小学堂，他看了一部《孔子家语》后，得知孔夫子有"三月而鲁大治"的本领，于是就佩服得不得了，便想做一个"圣人之徒"。

小存统14岁时，这所学堂又停办了。上高小是后来的事。就在这一年，一天，他看到邻村几个朋友剪了头发，就好奇地问："你们为什么把辫子剪了？"

朋友们说："现在已经光复了，大总统下令男人要剪去辫子，我们不能再拖'猪尾巴'了。"

小存统听了，觉得这话不错，立刻跑回家去，要娘把他的辫子也剪了。

他娘开始不肯，可抵不过儿子再三恳求，最后只好帮儿子把辫子剪了。

人家见了都说："难看死了，活像鸡尾巴。"也有人说："将来要是皇帝复位了，没有辫子是要杀头的！"

小存统心想，这有什么好怕的，要杀头也不止我一个，再说，鸡尾巴总比猪尾巴好看。他毅然不顾众议，决心做一个新国民。不过他同时也有些懊恼：这皇帝都没了，我这状元就当不成了。

当得知日本强迫中国签订"二十一条"，年仅十六岁的存统气愤至极，誓报此仇。后来，他在《回头看二十二年来的我》中写道："我读地理，读到被割、被租的地方，则热血沸腾，誓要恢复它。我这时有一个野心，就是做一个大将，一战胜日，二战胜俄，三战胜……然后称霸天下。"当时他心目中的战将都是些有法术的人，孙行者便是最厉害的。他认为如果有了孙行者的法术，足可战胜枪炮而有余。

除了要当大将这个雄心外，他还有一个雄心，那就是要做大总统。因为他听说大总统是人人可以做的。在他看来，如果他打了胜仗回来，不怕人家不把大总统让给他。高小毕业前夕，他邀了三个要好的同学，讨论毕业后的打算，他们都一致主张入军界。

小存统高小毕业后，因家境原因不能继续升学。大娘舅对他说帮他在银行里找了一份工作，可他不愿去，因为这时候的他已懂得"国破家危"的大道理，"为家的热度已不及为国的热度高"，他想"做一个做好事的军官"，来维护共和政治，实行强国主义。

那年暑期，他考上了浙江省第一师范学校。放榜那天，他高兴得不得了，晚上躺在床上左思右想睡不着觉。想到自己从七八岁以来，做了很多励志的美梦：中状元，做清官，当大将，甚至要做大总统……现在看来，这些美梦虚无缥缈，是难以实现了。他清醒地认识到，目前最现实的是上好师范学校，将来从事教育事业。但他仍然心高气盛，不想只做普普通通的教书先生，而要做一个有创造力的大教育家。这是此时他为自己立下的新目标。

1917年下半年，18岁的施存统进入浙江省第一师范学校学习。在学校，他接触了《新青年》，受教于思想进步的新派人物夏丏尊、陈望道、刘大白、李次九等人，思想又发生巨大变化。1919年11月7日，他因在《浙江新潮》上发表了《非孝》一文而一鸣惊人。此文引发了轰动一时的"一师风潮"，为伟大的五四运动推波助澜。1920年6月，他与陈独秀等人一起参与了中国共产党的筹建工作，成为我国最早的一批党员之一，踏上了新的征程。

　　有梦想，才有前进的动力。多梦少年施存统就是这样追求自由、追求真理，寻找救国之路的。

注：施存统（1899—1970），后改名施复亮，金华金东区源东乡叶村人。施存统的一生是终身追求真理的一生。青少年时期，不满家庭的封建礼教。在杭州读书时，思想激进，呼唤"清新世界"，成为当时思想界的焦点人物。在上海时，和陈独秀等发起成立中国共产党的早期组织——上海共产主义小组，成为中国共产党最早的党员之一。曾担任中国社会主义青年团第一任中央书记。之后，施存统在大学授课，编著翻译大量政治、经济书籍，积极支持、讴歌工人和学生革命运动，为传播马克思主义起到积极作用。抗日战争时期，施存统是文化界救国会的主要领导人之一。1945年，和黄炎培等人发起成立中国民主建国会，为推进民主，反对独裁，争取和平，反对内战，做出积极努力，是"民主革命时期的英勇战士"。施存统参加了中国人民政治协商会议的筹备工作。1949年10月1日，应邀参加开国大典。中华人民共和国成立后，任劳动部第一副部长，第一、二届中国民主建国会中央副主任委员，全国人大第一、二、三届常委等职。"人民音乐家"施光南就是施存统的儿子。

lu wen quan xue

卢翁劝学

（磐安县新渥街道的故事）

村落简介

　　磐安县新渥街道，古名灵山，明代名士陈潭在此造新屋居之，取名"新渥"。新渥街道距磐安县城 17 公里，地处著名风景名胜区灵山之麓，宋初，越国公卢琰隐居于此。此地文化底蕴深厚，有卢氏、古民居、药材、民俗"四大"文化体系。新渥是磐安县产业重镇，尤其是中药材产业，有"江南药镇"之称。"户户种药材，村村闻药香"是新渥独有的一道风景线。

▼ 新渥街道大山下（编者提供）

在永康灵山（今磐安县新渥街道）一带，一直流传着卢琰的两首劝学诗，其一：一字值千金，何为不用心。手提三寸笔，到老不求人。其二：板子南山竹，不打书不熟。父母来讨保，何必送他读？

为什么卢琰的劝学诗会在新渥广为流传呢？

卢琰原是后周重臣。赵匡胤陈桥兵变以宋代周后，卢琰面对新帝恩宠，仍怀"柴周大臣，义不臣宋"之志，辞官隐居灵山。卢琰在此定居后，常遇进家讨杯茶或歇个脚的村民。不管是谁，卢琰总是不厌其烦地热情接待。久而久之，大家熟悉起来，村民也不再把卢琰当外人，常把各种消息传递给他。

一个打柴的给卢琰讲了个故事：前年正月，他为本村财主家挑猪圈肥，按乡俗，正月挑肥要给两只煮鸡蛋。财主说，"没鸡蛋，先欠着"，当他的面上了账。到年底，财主拿账本向他要鸡蛋来了。他说："你欠我鸡蛋怎么变成向我要鸡蛋了？"财主说："这上面不是写着'某某欠鸡蛋两只'吗？要是我欠你，那是'欠某某鸡蛋两只'啊。"谁知道写账还有这等讲究呢？

说者无心听者有意。卢琰感到不识字对穷苦百姓来说实是生活的绊脚石，有时就要被欺负甚至吃大亏。现在有钱人才有书读，穷人根本读不起书，在山区更是无处读书，这不合理啊！于是他决定找个合适的地方办所学塾，教百姓识字读书，让穷人也能在社会上平等立身。

卢琰为官多年，家中却没有多少积蓄，而隐居灵山实属逃难，轻车简从，不可能带来多少家财。断了薪俸的他，现在只有出账没进账，要维持这么个大家庭的柴米油盐，对他来说都已是不易，所以筹措建房资金就成了件伤脑筋的事。

为减少周边百姓负担，他决定自己解决砖块、瓦片及工匠工资，并拟写了这么一份告示：灵山拟办学塾一所，居住在灵山周边的七到十三岁的孩子，凡没上过学的，都可以到这里就读。入学条件是自带课桌椅及《千字文》。孩子家长到建房工地干活的可以以工代资，并欢迎踊跃捐助木料。

半年后，三间正房与附房在现在的翠峰寺落成。

第二年正月十八，孩子们欢天喜地来上学了。这天，卢琰让儿子卢璞等一起来到学塾，一方面帮着接待上学的孩子，帮助打理孩子们饮食住宿类的杂事；另一方面当这些孩子的塾师。

刚准备上课，就有家长找来，说是他孩子还没课本。卢琰惊讶。那家长说：他们单门独户住在深山，买一本书实在不容易。卢琰深表同情，表示当晚抄一本送给孩子。

卢琰根据不同年龄段，把孩子分成三个班级。

卢琰训诫儿子，对孩子的教育要不厌其烦，循循善诱，而对孩子们学习上的不良习惯，则必须纠正。并写下故事开头的两首劝学诗。

注：卢琰，字文炳，原籍汴州玉山（河南开封），生活于后周至北宋年间。他辅佐后周，鞠躬尽瘁。因"周臣不事宋"，辞官隐居灵山（今磐安县新渥街道）。此后，便在此设立学校，教化民众，培育人才。他先后被北宋朝廷委任为荣禄大夫、工部尚书，封越国公。

suyu daitou ying longdeng

粟裕带头迎龙灯

（婺城区沙畈乡银坑村的故事）

村落简介

　　金华市婺城区沙畈乡银坑村位于金华南山，地处武义、遂昌、婺城三县（区）交界处的深山里，被列为浙江省第一批革命老区。红军时期，粟裕将军曾在这里驻扎。

1935年5月20日，由粟裕率领的红军挺进师来到金华银坑村，一进村即开展宣传，发动群众斗土豪劣绅，杀了民愤极大的副乡长陈长豪和戴荣森、陈锦芳等人，将5户地主家的浮财分给贫苦农民，村里村外土墙上到处张贴和书写上"红军是工农自己的军队""农民的军队""参加红军最光荣""工农群众团结起来，打土豪、分田地"等大幅标语。此后，挺进师有20余人留在银坑、门阵等地坚持游击活动，大部队由当地农民带路到汤溪上阳、南坑和祝家畈等地，又镇压了数名顽抗的恶霸地主、土豪劣绅。银坑村的郭勇进、陈德荣、龚日荀等7人还参加了红军。

1937年初春的一天，粟裕带着警卫员到芝肚坑地下党负责人钟土根家商量反"围剿"，建立游击根据地的事。而这天，芝肚坑群众正准备过元宵迎龙灯。听说粟裕进了村，有人就议论说，红军反对迷信，不好迎龙灯了；有人说，迎灯会暴露目标，不安全。正当大家犹豫不决时，有人想请土根来出出主意。于是几个带头的就到土根家，让警卫员把土根叫下楼来商议。他们正说着话，不料却让粟裕听到了。粟裕身为红军领导，却无半点架子，平易近人。他走到楼门口说："是今晚迎龙灯的事吧？不用瞒着我了，我们工农红军官兵一致，军民平等，为什么不好迎龙灯？红军么，就是要迎迎红的嘛。"

粟裕说完便叫警卫员去买红布和红蜡烛。

　　粟裕的话传到村民耳朵里，大家顿时欢腾雀跃，互相转告。很快家家户户都点起了红灯笼，放起鞭炮迎接龙灯。龙灯从芝肚坑迎到上下塔背，折回来又向黄坛井而去。只见山坳里每个村庄都悬挂起红灯迎接龙灯，巨龙飞舞，灯光点点。最后，龙灯又回到芝肚坑。

　　这时，土根陪着粟裕出来观看龙灯。土根说："红军来了，我们百姓可以过安生日子。"粟裕说："红军闹革命是为了让百姓过好日子。眼下大家都很艰苦，待我们打败'白狗子'，生活定会好起来。"粟裕说着让警卫员把带来的银圆交给土根，让土根把银圆分给村里的贫困户。许多贫苦农民一直珍藏着粟裕发的这块银圆，直到迎来全国解放。

　　粟裕的话，从此像一盏红灯照亮了百姓心头。当年4月，芝肚坑、银坑、紫坑、门阵一带方圆近百里，就在粟裕领导之下建起了游击根据地。

注：粟裕（1907—1984），侗族，湖南省怀化市人。中国无产阶级革命家、杰出军事家，中华人民共和国十大将军之一。红军时期，曾在浙西南一带建立抗日游击区，任挺进师师长。

金华板凳龙（韩盛／摄）

*yao wei nüren
zheng kou qi*

要为女人争口气

（磐安县陈界自然村的故事）

村落简介

　　磐安县的尖山镇地处金华、绍兴、台州"三府"交界，是浙江省级中心镇。镇域内为山区台地丘陵的地势，平均海拔 500 米以上，使得尖山镇经常云雾缭绕，十分有利于茶叶、药材等植物的生长。镇里陈界自然村（属湖上行政村）便是名副其实的"药园村"。全村以百余种药材苗树绿化，别有一番风味。"逛药材、赏药园、沐药香、品药膳"，陈界村会让你感受到"中国药材之乡"的醇厚韵味。

▼ 湖上村（编者提供）

故事发生在民国时期。

陈界自然村是个聚族而居的村子，全村男人基本姓陈。从始祖开始，就留有部分祭祀田，年年能收好几千斤租谷，专待清明时用。旧时，每年清明前三天，几位族长就安排买肉、买豆腐……准备祭清明了。全村凡男丁，一律可去村里吃清明饭，家里有几个男丁便可分得几份清明粿、大块肉、大片豆腐、馒头、粽子。但女子就只能在家吃自家的饭。有名妇女一连生了三个女孩，却没有一个男孩，被老公大骂没用，气得老婆病倒在床上，三个女儿抱住妈妈痛哭。

对这种重男轻女的事，村里有名叫卢宝瑾的妇女很有意见。她把全村的女人召集到她家。她说："听说湖山历年祭清明都是这样，太不合理了。我们都是女人，要为女人争口气！"大家一起问："该怎么办？"她说："我们一起聚集到祠堂去，把神台上女性的神主牌位统统拿下。如果有人阻止，我再出来说话。"大家听了，齐声说："只要你敢带头，我们一起跟上！"

当全村的女人来到祠堂时，男人们正你拥我挤，准备喝酒、吃饭。见女人们一起爬上神台，把女性的神主牌位一个个挑出，并抱了下来，男人们惊呆了。族长出来喝问："你们这是干什么？"卢宝瑾挤到他的面前说："这祠堂是你们男人的，女人的神位怎么可以放在里面呢？如果死了的女人可以在这祠堂里享祭，为什么活着的女人就不能到这祠堂来吃饭呢？因此，我们要把它们拿下，放在火里烧了。"那位老族长气得脸色铁青，胡子都吹得翘上天了，一拍桌子，大喝一声说："反了！反了！这简直是反了！国有国法，族有族规，这是几千年前老祖宗定下的规矩，岂能在我们手里把它改了、废了？凡女的统统退出祠堂，回家去。谁不退，把她按下，打三十大板。"这时，卢宝瑾手捧老族长母亲的神主牌位，说："这是您母亲的神主牌位，请问先有母亲后有你？还是先有你后有母亲？是你大？还是你的母亲大？如果是母亲大，请跪下，对母亲叩三个响头！如果你目无母亲，设此牌位何用？我就把它砸了！"这时，全村的女人一起吼叫："他不跪下，就把他母亲的神主牌位先砸了！"老族长无可奈何，只得在母亲的牌位前跪下说："母亲，儿子愧对您了！"然后站起来说，"你们且息怒，容我们商量一下。"就这样，男人们只好答应，从今年起，全村女人可同男人一样，一同吃清明饭，同样分清明粿。

这个结果让全村妇女欢呼雀跃，大家连声说："是卢宝瑾为我们争得了男女平等的权利！"

taigong sha niu

太公杀牛

（金东区多湖街道王宅埠村的故事）

王宅埠村的庆云庙（李诚/摄）

村落简介

王宅埠村属于金华市金东区多湖街道，是多湖街道第三大行政村。王宅埠村和邻近的汀村、里秧田、孟宅都临近武义江。得益于武义江的滋养，几个村的种养业都很发达，是金华城里市民所需蔬菜等农作物的主要供应地之一。

▲ 王宅埠村的文化礼堂及戏台（李诚／摄）

　　王宅埠的族长戴林太公是位种田干活的能人，而且为人公正。村子附近的武义江中有片沙洲，他根据江水高度的季节变化在那里适时种上一些谷物，年年获得好收成。不过每年雨季，武义江的水总会漫进王宅埠，造成王宅和附近村庄的损失。戴林太公出资带人修筑了一条从孟宅到汀村全长五里的堤坝拦洪，堤坝下还栽树、种草来护堤。堤坝修好后，戴林太公和大家立下公约：禁止在堤坝上开垦、放牛，如有违者，开垦的罚谷，放牛的杀牛。

　　一天，村上有个"混混"找到太公问："如果有人在堤坝上放牛怎么办？""杀牛啊！"太公不假思索地说。"要是放牛的这个人有来头呢？""不管是谁家的，一律按公约办，绝不留情面！""好，这是你说的，你跟我来，现在就有人在放牛。"

　　"混混"带着太公一路走，一路喊："快来看杀牛，快来看杀牛啊！"牛是农家宝贝，杀牛是件大事。"混混"这么一喊，很多人都跟过来了。还没走到堤坝，就看见一头牛在堤坝上吃草。等走近一看，这牛不是别人家的，正是戴林太公家的。见此情景，戴林太公没有二话，立刻派人去叫杀牛的来，同时把放牛的"小长年"（"长年"是对一年到头在富人家打工的人的称呼）狠狠地训了一通。

　　牛杀好后，戴林太公一面让人在溪滩上架起几口大锅煮牛肉，一面叫人去敲锣通知村里每家每户

▲ 王宅埠村中 700 年的古樟树、王氏祖墓及"庆云亭"（李诚／摄）

来分牛肉，喝牛肉汤。经过这件事，不光本村，上下三村的人都晓得太公是个讲话算数、铁面无私、办事公正的人。

可是又有哪个晓得，这次事件原来是戴林太公为了维护公约的严肃性，和牵牛的"小长年"演的一场戏啊！不过，堤坝上从此不要讲开垦、放牛，就连拔草、捡柴枝的事都没有发生过。王宅埠再也没有水漫进来了。

现在，都说王宅埠村的牛肉好吃，王宅埠村的商户公平不欠秤，原来还有这么个故事呢。

biai xi dizhu

毕矮戏地主

（兰溪市女埠毕家村的故事）

村落简介

　　兰溪女埠毕家村，现属兰溪兰江街道。毕家村始建于明万历年间，至今已有 400 多年，为兰溪市传统古村落。现村内尚存古迹有毕氏家庙尊亲堂、八份厅、尚义堂等。故事"兰溪毕矮"中的毕矮真有其人，其故事旧时流传很广，近年被公布为省级非物质文化遗产。毕家村族规中的"谨孝养，尚友让，敦雍睦，司礼仪，崇正学，黜异端"，反映了中国传统的为人处世、修身齐家的道德要求，很有代表性。

兰溪女埠的毕矮是个穷人，但他聪明、风趣幽默，会逗乐子，爱捉弄人，更爱打抱不平，帮穷人的忙。在兰溪，毕矮很有名气。

溪西有个财主，对长工像对贼一样苛刻。他家长工一年到头有忙不完的活，吃的却是剩粥冷饭，工钱也比别人低。日子一久，长工纷纷卷铺盖走人。财主着急了，正打算到深山冷坞去找几个不明情况的人，哪里晓得"瞌睡碰上热枕头"，竟有人自己找上门了。

来人就是毕矮。财主对毕矮说："你到我家做长工，工钱多少事先可要讲定的。"毕矮说："工钱不工钱是不要紧的，能填饱肚子就行，但你得依我两个条件。"财主心想这个人比较好讲话，就问他哪两个条件。毕矮说："第一，半忙半闲的活不干；第二，空路不走。"干活总是忙的，哪有半忙半闲的活？空路不走更好，连走路都不肯空着的人准错不了。财主想到这儿，连毕矮姓甚名谁也不问，就满口答应下来。

哪晓得第二天早上财主叫毕矮挑猪粪，毕矮却说："东家，挑猪粪出去满担，回来空担，这种半忙半闲的活，我干不了！"财主没想到第一次派活就让他说出理儿来了，就说："算你说得有理，你就不要去挑猪粪了，去车水吧。"派完活，他喝早茶去了。可是财主万万没想到，等他喝完早茶，又到兰溪朋友处玩了半天，回来时毕矮还是没有去车水。财主问他为什么不去车水。毕矮却笑嘻嘻地说："东家，这车水的活你晓得的，一天到晚都走空路，这样的活我是不会做的。"一句话，说得财主哑口无言。

财主吃了哑巴亏，心里总是气不顺，就说："好好好，现在我叫你去割白菜、饲牛。"这回毕矮倒应得爽快，他二话没说，就干活去了。过了一会儿，毕矮挑着空畚箕回来了。财主问："白菜呢？"毕矮说："喂牛了。"财主气得浑身发抖，指着毕矮骂个不停。毕矮说："东家，你不是吩咐我割白菜饲牛吗？"财主一听，差点气得背过气去，他强抑怒火，厉声喝道："你还待在这里做什么？还不给我去挑水、垫猪栏！"可待他在太师椅上吸够了水烟，走到猪栏一看却傻眼了：只见猪栏里里外外淌了一地的水，小猪都淹死了。而毕矮挑水正起劲呢。财主顿足大骂，抢过一根扁担就向毕矮打去。毕矮把水桶往地上一扔，伸手抓过财主的扁担，高声说："东家，你干什么生这么大气？不干活要骂，好好干活还要骂。挑水垫猪栏，是你自己吩咐的呀！"财主愣住了，指着毕矮说不出话来。再看那一双水桶砸在地上早破了，水哗哗地流着，心痛得财主差点没哭出来。

晚上，财主睡不着觉了，他为贪小便宜，还没弄清这个长工的来历。第二天赶快出去一打听，才知道他就是女埠毕矮。他赶忙摆了一桌酒，拱手对毕矮说："毕老兄，原来我有眼无珠，这桌酒席算是我向你赔不是了，你赶快另外找个人家吧……"

pujiang you ge chenjiujing

浦江有个陈九经

（浦江县檀溪镇的故事）

村落简介

　　浦江县檀溪镇是浦江北部山区的中心镇，因地处壶源江与檀溪（今称"中余溪"）汇合处，故名。檀溪镇背山面水，风景优美，是浦江、桐庐、诸暨、富阳之间来往的交通要道。檀溪镇也是北部山区的农业强镇，以种植水稻为主，农副产品丰富，所产"仙华毛尖"茶被评为浙江省名茶，潘周家的手工长寿面为浦江特色小吃。檀溪镇的工业以制锁、衍缝、电力等产业为主，水晶产业已成为支柱产业。历史上，檀溪镇曾分设平湖、会龙、大元、罗家四乡。"陈"是檀溪镇的第一大姓。北宋仁宗年间，陈硕由湖州迁入，入赘于车方（今檀溪镇会龙桥一带）应家为婿，是檀溪镇陈氏始祖，至今繁衍生息已近千年。明朝万历年间，因会龙桥的民间才子陈九经主动陈情官府为民平粮，乡民肇建陈氏宗祠以使其流芳百世，乡民称其为"九经太公"。

陈九经，浦江县会龙乡（现檀溪镇）人，明朝嘉靖年间民间才子，为人多才善辩，急公好义，爱打抱不平，乐于帮乡人解难。

一次，陈九经到城隍殿看戏，只见戏台前人头攒动，中间却留着丈把宽的一条空道，空道一头摆着一把太师椅，太师椅上坐着一个肥头大耳的人，两边还有几个家丁。这是谁呀，这么霸道？陈九经一打听，原来这个人就是远近闻名的恶霸财主周美阁。陈九经本来就想要治治这个恶霸，今天机会来了。他挤出人群，站到空道中间。周美阁看到前面出现这么个土里土气的乡巴佬，就大声喝问："吃了老虎胆了，竟敢挡在我的面前。"陈九经也大声说："这是城隍殿，浦江人个个有份，你如果要一个人看，把戏台搭到你床前去好了。"竟然有人敢顶撞自己，周美阁更气了，便骂道："你这个山里佬，有口粥吃骨头就轻了，看来是粥也不想吃了！"陈九经回道："对了，我们要吃饭了，粥轮到你吃了！你勾结官府，私改皇粮，把山区的丁等田算作甲等，我们要平粮，你的田地要加粮，我们山里要减粮。"周美阁一听是为这个事来找茬的，便哈哈大笑："皇粮是皇帝批准的，就凭你有本事改？除非日头从西边出来。"陈九经心里有底："你等着吧！"

陈九经说做就做，找了山区几个村的头面人物来商议。如果真的能平皇粮，谁会不高兴？于是大

▲ 檀溪镇平湖大伏堰（吴拥军／摄）

伙就请陈九经写状子，然后一个个签字画押。状子递到县里，县官一看，大吃一惊，这些人竟敢要求平皇粮，这不是犯上作乱吗？就把告状的人押了起来。县里不准就告到府里、省里，但结果都一样，状没告成，几十个人却进了县衙的班房。

这下事情闹大了，进班房的人家里怨陈九经多事。一向主意多的陈九经也一时急得没了主意。

正在这时，一向和陈九经交好的惠云寺和尚出了个点子：上京。陈九经一听，顿悟。京里做吏部天官的张之渝年轻时和自己一起读过书，还结拜过兄弟，找他去！于是和尚陪着陈九经一路靠化缘走到京城。在歇店老板的指引下，趁着皇帝带着众大臣到太祖庙上香的日子，陈九经拦住了张之渝的轿子："里面可是张之渝贤弟？"轿里人一听是乡音，伸头一看，见是老同学陈九经，便吩咐下人把他领到天官府。

张之渝听了陈九经来意，看了状纸，提出改"平粮"为"匀粮"——皇粮不好平，但"匀"可以这里减一点那里加一点，总数不变，皇上会同意。之后两人又商量出了一个能见到皇帝的办法。

一日，嘉靖皇帝在礼部举行恩荣宴，新中进士、六部尚书等共聚一堂，由新科状元斟酒。这时忽然从门外进来一人。侍卫一看突然闯进一个生人，就抓起来送到皇帝面前。张之渝顺势跪到皇帝面前，奏道："这是臣的先生，名叫陈九经，家住浦江，为了皇粮的事到京城，请万岁宽恕。"皇帝说："既是爱卿的先生，就坐着一起喝酒吧。"一旁斟酒的新科状元不高兴了，心想：我一个堂堂的头名状元，为一个秀才去斟酒，太掉价了，就跪在皇帝面前说："陈老先生既是张大人的先生，一定才高八斗，小的愿意和陈老先生猜谜对对，以助酒兴。"皇帝也想试试陈九经的才学，便点头同意。陈九经猜出这是新状元看不起自己，如应对不好不但皇粮事难办，连张之渝的名气也丢光，弄不好还会引来杀身之祸，便沉着说："请状元公出题。"状元出题："六丁六口，猜得对，白米三斗。"陈九经顺口对出："奇哉奇哉，此字难猜，米从何来。"皇帝和众大臣都为陈九经的才华和敏捷惊奇。陈九经趁机说："礼尚往来，我也出一对，请状元公对。"不待状元回应，便出了上联："鸡犬过霜桥，步步竹叶梅花。"新科状元平时只知道读书，哪里会去注意过鸡犬脚印形状之类的事，竟一时语塞对不过来，面孔红一阵白一阵，无话好说，只得给陈九经斟酒。

　　陈九经的才华和机智令嘉靖皇帝大为称赞。当晚，张之渝问陈九经："你那对子下联是什么？"陈九经说："大人一定已经知道了，还不就是'猴牛走雪地，脚脚仙桃佛手'之类农村常见事。"第二天早朝，张之渝就把由陈九经的状子改写成的奏折递给皇上，大意是"匀粮于国无损，于民有利，万岁爱民，皇恩浩荡"。皇帝本就相信张之渝，又对陈九经有好感，见匀粮不减皇粮收入又能赢民心，何乐而不为？于是准奏。又问张之渝："用何法匀。"张之渝根据与陈九经商量好的回答："可用称土法。""称土法"就是按同样体积的土的不同重量来确定皇粮数额，重量越重，交粮越多。

过了几日，钦差来到浦江，陈九经带领他们在平原肥沃地带挖起赤土黄泥，又在山区贫瘠地带挖起烂泥巴，两种土体积一样，重量却不一样。按照匀粮办法，山地减粮，大部分属周美阁的平原地加粮。

被关的人放了出来。陈九经带着这些人特意坐着轿子，热热闹闹地绕着周美阁的家走了一圈。周美阁只有生闷气，连门都不敢出。山民们却欢天喜地，今后他们也可吃上饭了。

panmohua mai tian

潘漠华卖田

（武义县坦洪乡上坦村的故事）

村落简介

　　武义县坦洪乡上坦村，位于县城西南方，距城约 26 公里。地形为"两山夹一溪"，东青山、西前山相对而出，坦溪一水中流。村落依溪而建，街巷以漠华路为主干向村落纵深延伸。村中历史民居是较典型的明、清南方建筑，以三合院、四合院为主，三房两厢为多。建筑硬山两坡顶，马头山墙；饰以花草鱼虫、渔樵耕读、戏曲神话、祥禽瑞兽、亭榭楼台、山水风景、几何纹样的墨绘壁画，诗词短句的题记等。上坦村是中国传统古村落。

▲ 潘漠华纪念馆（徐文荣／摄）

潘漠华自小聪慧，勤奋好学。10 岁那年就读于离城二里的冲真观务本学堂，考试成绩屡为全班之冠，毕业时因成绩优异获得奖旗，随即考上县师范讲习所。在上坦村，至今流传着许多青少年时代的潘漠华如何机智过人的故事。这里讲的"潘漠华卖田"，就是其中之一。

潘漠华 18 岁那年，他的父亲因病去世。父亲在世时，因经营不善，把上辈留下的产业败得差不多了。父亲死后，给家里人留下一大堆债务。

这一年过年前几天，溪口村一潘姓财主到漠华家讨债，说是漠华父亲在世时欠他一百银圆的赌债。当时，只有寡母和二哥潘详在家。漠华母亲哀求潘财主宽限些日子。可是，潘财主不仅恶言恶语骂她，还扬言如果还不起钱，就要抓她当厨娘抵债。这时，正好漠华从外面归来，听了母亲的哭诉，心里直冒火，他问潘财主："我父亲欠了你多少钱，把字据拿出来看看。"潘财主白了漠华一眼，气势汹汹地讲："你个毛头鬼，晓得个屁，赌场上欠债三对两面讲了算，用不着写啥字据的。"

漠华听了，好像懂了这件事，点了点头，讲："好，就算欠你一百块银圆好了。不过，钱我们拿不出，那就划几丘稻田押给你好了。"潘财主听了，心里很高兴，就跟着漠华到山垄里划田。

漠华带着潘财主在山垄里走了大半天，走到自

家的稻田边，对潘财主讲："这一丘田好吗？"潘
财主点点头："好，好。"漠华又指指另一丘稻田讲：
"这丘也不错吧？"潘财主满意地讲："好的，好的。"
因为这几丘稻田坐落在大院后山垄里，到上坦八里，
到溪口七里，正如当地一句俗语所讲的，"大院家狗，
赶得上坦，赶不得溪口"，潘财主对这田地的位置
非常满意。划好田，潘财主就抄近路回家了。

隔了几天，潘财主到漠华家里来讨田契。二哥
听了莫名其妙，讲："我家没有田卖给你呀？"潘
财主笑笑讲："是你四弟恺尧亲手划给我的。"二哥
同母亲商量，母亲听了伤心地流着眼泪讲："你们
父亲刚死没几天就卖田地，今后的日子怎么过呢？
快去问问尧尧，他把哪几丘田卖了？"

这时漠华进屋来，大声讲："我没有卖田呀？"
潘财主讲："那一天是你带我去看田的呀，怎么忘
记了？"漠华笑了笑，讲："在山垄里，讲了的话
就作数，还要什么字据田契呀？你走吧。"

潘财主不放心，讲："没有田契，这田给我也
不作数呀。"漠华讲："你是无借据'讨债'，我是
无田契'卖田'，我们已经两清啦！"

潘财主听了脸红一阵白一阵，只好灰溜溜地
走了。

▲ 武义上坦村村貌（徐文荣／摄）

注： 潘漠华（1902—1934），武义县坦洪乡上坦村人。革命烈士，左翼文化运动的先锋人物，曾担任中共天津市委宣传部部长。潘漠华以惊人的组织活动能力，大无畏的革命精神，带头开展各种抗日救亡运动，唤起了民众极大的抗日热情。潘漠华的行为引起了当局极大的恐慌，敌人通过打入"左联"内部的密探逮捕了潘漠华。潘漠华面对敌人的严刑拷打，坚贞不屈。最后，潘漠华被敌人灌以滚烫开水而惨烈牺牲，年仅32岁。"吟哦湖畔意气高，笔扫千军志未消。立马塞上拒仇寇，饮恨津门溅血潮"是潘漠华一生的写照。

zhangren gao nüxu

丈人告女婿

（婺城区塔石村的故事）

村落简介

　　塔石村为金华市婺城区塔石乡政府驻地，在金华城区西南约 60 公里处。村外有两块搭在一起的大石，形如塔，故名。宋绍定二年（1229），始祖董厚载自遂昌迁此。村东的温泉井据说为始祖时所留，村西南的永济石拱桥为 1921 年建造。塔石旧时有"小兰溪"之称（俗谚"小小金华府，大大兰溪县"，说明兰溪曾比金华热闹），是处州与汤溪、兰溪来往的驿道，也是方圆数十里内南北海货、土特产的集散地，在清代和民国时期比较繁荣。塔石乡是山区乡，革命年代，粟裕、刘英率领的工农红军挺进师曾在这一带活动。该乡现辖 40 个行政村，主产水稻、麦子、油菜、甘薯、大豆、毛竹，土特产丰富。"三月三文化节"是近年塔石主要的群众性文化活动。"好山好水好风光"是到过塔石的客人对塔石的评价。

这个故事就发生在塔石村。

有一年，村东头的李老汉六十大寿，他四个女婿都来祝寿，丈人让他们睡在同一张床上。

第二天一大早，大女婿先起床，推开窗门，看见前面屋顶上白霜一片，就顺口念道："今日五更一天霜。"并把这句话写在桌上的纸上。

二女婿也爬起来了，看见桌上大女婿写的句子，也边念边写了一句："四个女婿卧一床。"

三女婿爬起来了，读了纸上的诗，也题了一句："一床单被紧紧盖。"

四女婿最迟爬起，拿起桌上的纸，高声念了一遍，自己也接了句："钩钩弯弯冻天亮。"

丈人刚好进门，听见了女婿的话，很恼火，就到官府告四个女婿辱骂丈人的罪名。

县官先问李老汉。老汉说："我六十大寿，四个狗婿，写了一首恶诗骂我。"说罢把诗递了上去。县官就叫四个女婿解释这四句诗。

大女婿说："我第一个爬起，开窗看见落了霜，就写了一句'今日五更一天霜'。"

二女婿解释道："昨晚我们四个女婿睡在一张床上，我就写了一句'四个女婿卧一床'。"

县官说："这有什么，都是实情，无罪。"

三女婿说："我写的是'一床单被紧紧盖'，我们确实是盖一床薄被子。"

▲ 塔石村（编者提供）

县官说："你也无罪，最后一句怎么讲？"

四女婿解释道："我们四个人挤在一张床上，钩钩弯弯的，被子也不够盖，我肚子都冻痛了。"

县官说："这也是实情，无罪！丈人招待不周理该受骂；诬告好人，罪不可赦，棍打四十！"

丈人被打了四十大棍后，一瘸一拐地跟女婿回家。

这时吹来一阵乌头风，雨落了下来，打在石头路上。大女婿随口念道："雨打石头响。"

二女婿接了句："法官坐堂上。"

三女婿道："丈人告女婿。"

四女婿也来了一句："打了四十棒。"

丈人喊了起来："错了，我数过了，那家伙多打了一棒，是四十一棒！"

四个女婿仰天大笑起来，这法官还算公正呀！

yi zhang panjue shu

一张判决书

（武义县履坦镇范村的故事）

范村范氏宗祠（徐文荣／摄）

村落简介

　　武义县履坦镇范村，由范村、百家地、芦家三个自然村组成。范村位于县城西北部，距城 10 余公里。该村北依梅山，南临武义江，与金华焦岩村仅一箭之遥，处于武义北大门的交通要道上。

　　范村是北宋范仲淹后代的聚居地，它传承了范氏文化，成了武义的望族村。

　　清光绪十七年（1891），下埠口村叶氏一群人窜到范村的大公山、上角山上强行砍伐木材，占山开荒，并说有"草册"为凭。此事发生后，范村的范培明和村里的贡生范德润，监生范过堨、范纹之等到武义县衙告状。

　　县衙判：叶氏草册不足为凭，绝不能到范村的山上砍伐、垦耕。

　　清光绪三十二年（1906），下埠口村叶氏那群人又强行入山，砍柴一千二百余担。这次范村人群起到县衙告状。

　　当时的知县钱正堂审理案情后，下了一纸判决书。判决书内容大致为：据贡生范德润，监生范过堨、范纹之等呈称，祖上留的常山一处计二百多亩，坐落于本庄大公山、上角山等处，已经由范氏族人管理了 200 多年。光绪十七年（1891），邻村叶姓人突然前去强占。族叔范培明等到县衙控告，县衙已断叶姓草册不足为凭，绝不能到范村山上砍伐垦种。范培明于光绪三十年（1904）病故，才过两年，叶氏人又肆无忌惮，纠众入山，强行砍柴一千二百担。经讯问、证据搜集，现已查明，该山系范姓祖遗常产，向来不准砍伐，以备荒年子孙砍柴度日。这次叶姓恃强砍伐，属实。责令追缴树价 60 大洋，给学堂、警察公用，作为范姓资助。该山照旧归范姓养树，叶姓不得再行占砍之事。据范德润等所请，立告示以永禁，杜绝后患，自应准予照办……如叶姓人等敢再犯，一经指控，立即严究，决不宽贷。

范村人打赢了这场官司以后，非常高兴，还将钱正堂的判决书刻在石碑上，嵌在宗祠墙上。

yingmengming wei kang jin
mingjiang ping yuanyu

应孟明为抗金名将平冤狱

（永康市芝英镇的故事）

▲　　清代，芝英有一位村民叫应勋，字天成。他孝顺勤劳，乐善好施，
后人为纪念他的高尚品德建天成公祠。祠前有古井，水质清冽（胡展／摄）

南宋孝宗时，临安（现杭州）出了一桩轰动一时的大案：已故的抗金名将李显忠家的一个家童不慎溺水而死。秦桧的余党就唆使家童的亲属诬告，说是李显忠家谋人性命，受此案牵连而被捕入狱的有 300 余家之多。

案子提到了大理寺，担任大理寺丞的应孟明一下就看出此案的诸多漏洞和疑点。他决心查明真相。

原来，李显忠是继岳飞之后的著名抗金将领。宋孝宗即位之后，主张抗金，为岳飞平反，惩办了诬告岳飞的秦桧，起用了受到主和派压制的李显忠。宋隆兴元年（1163），李显忠和另一将领邵宏渊受命各领一支军队北伐。李显忠攻下灵璧县后又增援邵宏渊部攻克了虹县，然后两支队伍合兵一处，收复了宿州城。战后论功行赏时，李显忠升任淮南、京东、河北招抚使，邵宏渊为副使。几个月后，金兵反攻宿州，李显忠率部力战，而不满于屈居副将的邵宏渊却按兵不动，致使李显忠部孤军难敌，溃败于符离。北伐失败后，李显忠又经十余年官场浮沉，于宋淳熙四年（1177）去世。

主和派的秦桧余党早已对李显忠恨之入骨，恨不得对其抄家灭族，现在正好碰到李显忠家家童的死，就和邵宏渊等勾结起来，趁机诬陷李显忠家。

其实案子并不复杂，只是没有人敢为李家出头罢了。应孟明一身正气，素有"慎独自处，正大光明"

的品格，他敬重李显忠将军的气节为人，不怕秦桧余党的打击报复，凭借丰富的办案经验，通过明察暗访，很快就搜集到了足以证明家童确系不慎溺水身亡、与其他人没有关系的种种证据。在铁证面前，诬告者和秦桧余党也只好承认谋杀不成立，蒙冤的300多家也得以脱离牢狱之灾。

注：应孟明（1138—1219），永康芝英可投应村人。南宋时进士。年轻时和吕祖谦、陈亮等人修业讲学，引领永康一时之风气。官至太府卿兼吏部侍郎，是永康先贤人物中可与胡则比肩的廉吏能臣。

正街是芝英最长的商贸街，两侧宗祠、商铺林立（胡展／摄）

芝英人把五金手艺当作谋生致富的重要手段，铸就了世代相传的工匠精神（胡展／摄）

huze yifa zhi qianhuang

胡则依法治钱荒

（永康市方岩的故事）

村落简介

　　永康方岩是国家级重点风景名胜区，距永康市区 20 余公里。方岩，典型的丹霞地貌，峰险、洞奇、谷深、瀑美、溪清、湖幽，有"人间仙境"之称。方岩的文化、革命史迹丰富，保留有宋代的"五峰书院"、抗战时期浙江省临时政府所在地旧址等。方岩的人文景观中最著名的是胡公祠。出生于永康的北宋名臣胡则，做官时为民做了许多好事。他死后，人们为纪念他，在他读过书的方岩建造祠庙祭祀他，称他为"胡公大帝"。庙里香火很旺。

永康方岩（项新平／摄）

北宋时期，国家逐渐统一，社会生产力逐渐恢复，商贸活动逐渐发展，迫切需要大量钱币。而当时钱币的制造过程中存在几个顽疾，使得钱币供不应求，造成钱荒。皇帝就派胡则来管这件事。

胡则经过调查，发现症结所在，首先是铸钱用的铜不够。于是他带人进驻当时的一个主要铜矿。这个铜矿有十几万工人，既有服徭役的民工，也有在押的犯人，规划不当，管理混乱；贪官和不法之徒在其中相互勾结，私开矿坑，滥掘盗采，不但使矿产流失，还发生过死伤一万多人的重大塌方事故。胡则亲临现场调查处理，惩办首恶，抚恤无辜，调整规划，健全制度，整顿组织，严肃纪律，使矿场面貌焕然一新，铜的产量大幅提升，为整治钱荒打下了基础。

胡则发现造成钱荒的第二个问题是负责钱币制造的监吏有腐败问题，他便又带人进驻当时江南最大的铸钱中心。他发现虽然是夏天，但工场上炉火熊熊、热浪灼人，工匠们挥汗如雨，忙前忙后，情景很是感人。管理工场的监吏原以为一定会得到胡则的表扬，但胡则却冷冷地说："当官的一定要爱惜民力，从明天起请立即减半开工！"胡则在巡视工场时，一位炉工偷偷地塞给他一枚铜钱。胡则回官邸后翻来覆去地研究这枚铜钱，一不小心铜钱掉落地上，跌破了一角。胡则大惊：这怎么可能？难道是监吏私改配方，偷工减料？胡则抓住这条线索明察暗访，顺藤摸瓜，很快查清了监吏擅自减少铜的成色，贪污官铜 6 万余斤的犯罪事实。怪不得监吏要这样加班加点开工，原来是为了贪污。按律，监吏应当被斩首。鉴于该监吏交代彻底，退赃积极，有悔改表现，胡则决定把追缴的铜上交国库，给监吏一个改过自新、将功补过的机会。

胡则恩威并施整顿官场，是想下好整治钱荒这盘大棋。经过治理，全国的铸钱量果然猛增，困扰朝廷的严重钱荒得到了缓解。

注：胡则（963—1039），永康人，北宋名臣，三朝元老。胡则是婺州历史上第一个取得进士功名的人。胡则为官 40 多年，德才兼备，为老百姓做了很多好事。他死后，婺、衢两州的百姓深感其恩，在其少时念书的方岩建造祠庙祭祀他，尊其为"胡公大帝"。胡公庙历来香火旺盛。

falü shi mian zhaoyao jing

法律是面照妖镜

（磐安县小林庄的故事）

大盘山简介

　　大盘山，位于金华市磐安县。山区地广人稀，森林茂密，有大小山峰 5200 余座，大气质量和 99% 的河道水质都常年达到国家一类标准，古代是名士隐居的世外桃源。

磐安县的小林庄，是一个有几百户人家的大村子。村头村尾相差几里路，所以小孩子取了名字，很长时间后才知道是同姓同名的。这不，村头有德的孩子叫林庚申，村尾有为的孩子也叫林庚申。两人虽同姓同名，但性格不同，人生经历不同，后来的结局也不同，这就演绎出了一个骇人听闻的故事。

俗话说，穷人的孩子早当家。有德家的林庚申，五六岁就上山下地干活了。八岁那年就在村旁种了丘西瓜。除了日常施肥、治虫、浇水外，为防野猪偷吃，他还在进入西瓜地的两面路口布下了弓箭。

再说有为的孩子林庚申，家里虽不是大财主，却比一般人家殷实，七岁进学堂读书。但他知书却不达礼，节假日，村头村尾到处游玩，看到别人有好吃的就去偷。一天傍晚，他路过一片西瓜地，看到一个个大西瓜都熟了，又看看四周没人，就闯进去摘。谁知刚踏进地头，腿肚子就被射进一支箭，痛得他杀猪般地大叫起来，幸而有大人路过把他送回家。过了十几天，他伤还没完全好，又偷偷出来玩。刚好与另一个林庚申碰在一起，两人争吵起来。一个说："你好狠心，在瓜地里放了弓箭，射得我现在伤都没好，等我长大了，做了官，早晚要报这一箭之仇！"一个说："谁叫你到人家地里偷瓜吃呢？这是活该！不过你当了官我也不怕，当官的不是你一个，还有公正、讲理的好官呢！"

为了分辨这对同姓同名的林庚申，从此村里人就分别给两人的名字加了三个字：一个叫"种瓜的林庚申"，一个叫"偷瓜的林庚申"。

后来，两个林庚申都参加了革命。偷瓜的林庚申觉得自己的名字被叫得难听，便把姓弃了，改个大名叫"旭升"。1949 年磐安县解放了，旭升被任命为磐安县法院第一任院长。另一个林庚申被推选为民兵队长，并在与土匪的斗争中立了功，被评为剿匪英雄。小林庄也被评为剿匪模范村。不久，林庚申又被提拔为该乡的乡长。

当了县人民法院院长的旭升，想起了当年发过的"以后当了官要报一箭之仇"的誓。"那个种瓜的林庚申要是没出息也就算了，如今他冒出名来，怕以后会与我并肩而立，或在我之上，那岂不又要受制于他？"这样想着，旭升便悄悄生出一个恶毒的主意来。

1951 年 10 月 3 日，县里派人来到剿匪模范村，找到村长，说是当晚要在该村祠堂里召开村民大会，要村里发动村民参加会议。

夜幕降临，会议即将开始，虽到会人数不多，会却照样开。只见台上站着一名姓刘的干部，他代表县纪律监察委员会讲了几句话后，就指着墙上的两面奖旗说："你们村是剿匪模范村，你们乡的乡长是剿匪英雄，这是你们全村人民的光荣。可惜，据群众揭发，这位乡长犯了杀人、迫害人命、吊打群众、破坏森林四大罪。为严肃党纪国法，决定将他带到县里去调查询问。"之后就将林庚申带走了。

第二天，县人民法院就开庭审理此案。

法官问："你为什么要杀人？"

林庚申答："剿匪时，我抓住一名匪首，在搏斗时又来了两个民兵，我们三人一起杀了这名匪首，为民除害！"

法官又问："你为什么要逼死人？"

林庚申答："未做过，不知道。"

法官再问："你为什么要吊打群众？"

林庚申答："在剿匪时抓住一个为土匪送信的，教育后放回，没有吊打！"

法官继续追问："你为什么要破坏山林？"

林庚申答："因家中无房，申请造屋，经政府批准，按量砍伐，不能算破坏。"

法官问完四条"主罪"，又问林庚申还有什么话要讲？

林庚申提出要实事求是，不可冤枉人。

法官大怒道："只有法官训犯人，哪有人犯质问法官的？这是藐视法律，罪加一等。"

　　几天后，法院下达了判决书，四条主罪不变，另加一条是对抗审判、不服罪。判决书下达后，林庚申即刻被送往金华蒋堂农场劳动改造。

　　不久，时任浙江省省长收到一封人民来信，要求救救英雄乡长。省长非常重视人民来信，将这封信看了又看，并挥笔批示，责成省有关部门组成专案组，深入案发地调查。为了慎重起见，省长还将写信人的姓名、地址剪下另作保存。省长都指示了，办案者表示："请省长放心，我们一定把案子办妥！"

　　省专案组人员分期、分批下去，做到不走政府门，不露调查组牌。他们把自己打扮为到村里收山货、购土产的"行商"，或是走亲朋、会好友的路人，路过村庄讨茶解渴，与村民随意聊聊。从没人怀疑他们是省里派来的专案组，调查工作顺利进行。

　　经过上上下下反复调查，案件查得清清楚楚。四条主罪的真相是：杀人罪——杀死的是土匪，为民除了一害；逼死人命罪——死者的妻子亲口说自己丈夫是病故，无人迫害；"吊打群众"罪——当事人亲口承认为土匪送信时被抓，教育后放回，未遭吊打；"破坏山林"罪——在当地乡政府档案中查到山林砍伐批准书存根，不属破坏。这些铁证为磐安县人民法院确认，经审理，对乡长林庚申做出了无罪释放的决定。

　　这位剿匪英雄、人民乡长在劳改农场听到县法院领导向他宣读"无罪释放"的决定后，非常激动，当场流下热泪。

　　磐安县人民政府在乡政府所在地召开大会。县人民法院在会上宣布"无罪释放"决定。县长代表人民政府向受害人公开检讨，赔礼道歉，并宣布为其恢复名誉、职务，赔偿损失，当场付给赔偿金。群众拍手称快。

　　剿匪英雄、人民乡长林庚申受迫害、受冤屈的事，引起了县长的警觉：我们党的政策是不冤枉一个好人，也不放过一个坏人！这个冤案究竟是怎样造成的呢？他组织专案组追根问底，结果查清这个冤案是旭升一手策划、一手经办、一手制造的，事情的起因是二十多年前种瓜、偷瓜的事。原来旭升虽早就投身革命，但他的世界观没有得到改造，在革命队伍里也是一遇风吹草动思想就会波动，一遇机会就会干出害人利己的事来。一次战斗中，他曾被"浙东反共救国军"抓住，因经不起酷刑而叛变，还当过几天土匪，释放后又混到革命队伍中来。在铁的事实面前，旭升供认不讳。旭升的结局是撤职查办，判刑3年。

　　这叫作同名同姓不同命，法律是面照妖镜。

国业信善

爱敬诚友

chendacheng wushisan sui
daitou congjun kangwo

陈大成五十三岁带头
从军抗倭

（义乌市倍磊村的故事）

村落简介

倍磊村位于义乌市佛堂镇，是明代义乌乡村集市与商贸文化的一个缩影和遗存。村因散落在村中的六块奇石而得名。倍磊是一个闻名遐迩的大村，历史悠久，文化深厚，村中有古建筑"十七祠堂十八殿"。古时的"倍磊十景"曾让文人们"登眺流连，形诸歌啸"。现旧景虽已难寻，但遗落的古建筑和街巷仍让人赞叹！倍磊村是中国历史文化名村。

明朝时，倭寇在我国东南沿海地区抢掠烧杀，十分猖獗，百姓苦不堪言。抗倭名将戚继光奉命到义乌招兵，故事便开始了。

明嘉靖十八年（1559）九月，戚继光来到义乌县城。他拿上级的批文找到知县赵大河，商量一番后，张贴募兵告示。奇怪的是，告示贴出几天，没有一人来报名。戚继光很疑惑，找到赵大河询问原因。赵大河问："你找过陈大成吗？""他是什么人？"戚继光问。"陈大成是陈氏家族的首领，在全县老百姓中也是很有威望的。没人应征，可能跟他有关。"赵大河沉吟一下，"不过他是正直之人，你去跟他说明抗倭大义，他会支持你的。"戚继光赶紧找到陈大成家，向他说明来意。

倍磊街（陈焕／摄）

　　陈大成高大威猛。多年来，他目睹官军腐败，向来对募兵很不支持，在他影响下，陈家很少有当兵的。他听说过戚继光的大名，这次戚继光亲自上门拜访，他十分感动。戚继光说："大成兄，当前倭寇横行，残酷杀害我们同胞，我们铮铮男儿怎能视而不见？外寇不除，国家怎能太平？这次来找兄长，是求你支持我，也为报效国家尽一份力，不知意下如何？"听了这番话，陈大成动情地说："倭寇横行霸道，我何尝不气愤。可我对明军早失去了希望，所以不愿自家子弟当兵，怕去时是个忠厚老实之人，回来成了兵油子。这次将军为大义征兵，我信得过将军，愿意为将军效犬马之劳。"戚继光听了向陈大成深施一礼。

　　陈大成又问戚继光："打倭寇不是有卫所兵吗？"戚继光说："我曾经带过其他地方的卫所兵，但他们一遇强敌就害怕。我听说义乌人刚开打时有点害怕，但越战越勇，我就是看重义乌兵的素质才来求你支持的。"这番话打动了陈大成，当时已53岁的他带头报名参军，还同戚继光义结金兰，表示愿听从戚将军的指挥。

　　陈大成一带头，他的儿子陈文澄、叔叔陈禄及倍磊村数百名青年男子也马上报了名。田心村的王如龙也带了几十人来县衙报名。一时，义乌差不多村村有人来报名参军，挤得县衙水泄不通。

村中节庆（陈焕／摄）

赵大河亲自登记，戚继光一一选兵，一下子招了4000人。县衙挤不下，就移到西门戚宅里大夫第选兵训练。训练进行了半年时间，陈大成知道倭寇不是一般的盗贼，对付倭寇光勇敢还不够，还必须具备一些专业的作战知识，所以他决定带领将士们熟读戚继光写的《纪要新书》，练好鸳鸯阵。可是问题来了，士兵们识字的只有几个，其他大多都是一字不识的农民。陈大成就让人给士兵读《纪要新书》，务求人人都会背。这时的陈大成尽管已是五十多岁的人，但仍不辞辛劳，天天和儿子陈文澄一起练习使用长枪短刀，并要求士兵严守纪律。次年4月，义乌兵开赴台州，在一个月时间内打了九仗，均获大胜，打得倭寇直叹：来了何方神兵？

台州之战后，军队开赴福建。在横屿岛之战中，陈大成带着义乌兵背负稻草，边铺路边作战，全歼岛上倭寇。在墩上径桥之战时，倭寇占桥死守，陈大成带的兵在冲锋时死了好几百人，但没有一个回头的，迫使敌人弃桥逃跑，最终被全部歼灭。

几次战斗下来，陈大成升任守备，后升任福建省总捕指挥。明隆庆元年（1567），戚继光奉命北上，陈大成却被福建巡抚留下。后陈大成被任命为四川游击将军，但他竟在川地一病不起，死于川。

收到陈大成病逝的书信后，戚继光马上写了《祭旧部曲游击将军陈大成》一文，痛悼这位昔日戚家军战将，情真意切，字字泣血。

倍磊村（陈焕／摄）

rijun zhongjiang
ming sang lanxi

日军中将命丧兰溪

（兰溪市黄溢村的故事）

村落简介

　　黄溢村位于兰溪市北郊。兰溪至浦江的省道从村东而过，跨兰江而建的黄溢公路大桥坐落在村西北，水路可通金华、衢州、杭州。黄溢村是一座古村，相传是晋代黄初平（黄大仙）的出生地，黄溢的黄即取其姓；溢取义于沧海桑田，因兰江河道变迁，水冲沙涨，此地变汉唐时的深泽为泥沙淤积成的盆地，黄与溢结合而成村名。现村中有二仙井、上公鲁庙等古迹。历史上，黄溢村因地势较低，常被江水冲淹，人口流失多。后来，留村村民垒石砌灰，筑起黄溢大堤，居住环境大大改善，引来八方人士杂居。现该村 500 多户中有 80 多个姓氏，这种现象是兰溪人口组成历史演变的一个缩影。

抗日战争时期，日军侵占兰溪有 3 年零 3 个月之久，犯下了滔天罪行。其间，兰溪军民英勇抗战，现在要说的就是其中一个抗战小故事。

1942 年 5 月，日军为了摧毁浙江衢州、江西玉山等中国空军的机场，打通浙赣线，发动了历时 3 个月的浙赣战役。金华、兰溪是中国军队的防守重点。日军在进攻中遇到中国军队的顽强抵抗，损失惨重，推进受阻。这下，日军急了，中将师团长酒井直次决定亲自到兰溪前线督战。

当时，抗日英雄黄士伟才 21 岁，却已经是工兵营副营长、工兵专家了。5 月 27 日深夜，他奉命率领一个工兵排，头顶装满地雷的竹筐，蹚过齐腰深的兰江，到前沿阵地布设地雷。战前的布雷地带黑黢黢、静悄悄，空气十分紧张。黄士伟和士兵们悄悄前进时发现前面的三岔路口有一个二三十米高的小山坡。富有经验的黄士伟马上想到，日本指挥官来视察地形时很可能会登上这个小山坡观察，便命令士兵们在小山坡上埋了 60 个西瓜般大小的地雷。地雷埋好后，天下起了阵雨。黄士伟暗喜，这样的天气是很有利于地雷伪装的。

5 月 28 日早上，雨继续下着。日军指挥官酒井直次骑着高头大马，带着几个鬼子观察地形来了。进入布雷区后，虽然不时有鬼子踩中地雷，但骄横的酒井仍然准备到小山坡上观察。也活该他的死期已到，正在他登高的途中，战马踩中一颗地雷，"轰"的一声，酒井被炸下马来……

但当时中国军方并不知道被炸下马来的是谁，只知道炸了一个日本大官。日军为了不动摇军心，严密封锁消息，直到当年9月才对外宣布酒井的死讯，而其中详情直到42年后才由日方披露。据说，当时酒井左腿被炸开了花，腹部也受了伤，虽经抢救但终因失血过多于当天中午气绝身亡。日方还哀叹，酒井是日本新陆军组建以来，第一个被打死在战场上的师团长级别的高级指挥官。

黄士伟也是在40多年后才知道当年埋雷炸死的是这么一个大官。

据查，酒井直次当时毙命的小山坡位于兰溪城北黄溢村附近。现在，这个小山坡处已建起马路、楼房。2015年，兰溪市政府在这个地方立了一块碑：兰溪五月之役纪念碑。

注：抗战老兵黄士伟（1921—2014），重庆人。他是家中独子，16岁投军，后经过学习，成为一名技术过硬的工兵。抗战胜利后，黄士伟回到成都，并一直在成都生活、工作，直到2014年去世，享年93岁。

zhenchayuan loufengfei

侦察员楼风飞

（金华市八大队的故事）

金华八大队简介

　　1942 年 7 月 7 日，由共产党领导的抗日游击队在金东义西交界处的下宅祠堂，宣布成立"金东义西抗日自卫大队"，不久更名为"钱南军别动队第一支队第八大队"，简称"第八大队"。在艰苦的岁月里，这支抗日武装打鬼子、灭汉奸、除恶霸，显示出反侵略、爱祖国、保家乡的英勇气概，涌现出许多可歌可泣的英雄故事。

▲ 抗日武装第八大队成立地旧址—— 下宅祠堂（资料图）（编者提供）

1944 年 5 月 9 日，我党领导的抗日武装第八大队指战员正在上溪余车村前山背上开会，突然有群众前来报告，在上楼宅等几个村里，鬼子正在抢粮抢物，强奸妇女。这群鬼子有四五十人，还有骑马的。

第八大队大队长王平夷听了敌情报告，立即派侦察员楼风飞前去侦察敌情，并伺机配合大队消灭鬼子。

楼风飞来到上楼宅北面的溪田坟头，只见村里的群众携老扶幼，拖的拖，背的背，正向上溪、水碓张方向逃跑，人群中不时传来孩子妇女的哭叫声。在群众队伍的后面，不断响起鬼子兵的吆喝声，偶尔夹杂着枪声。楼风飞放慢了脚步，一边走着，一边心里盘算着如何完成这次诱敌深入的任务……

到了上楼宅东北面一栋新屋的转角时，楼风飞正好碰到一个端着三八步枪的鬼子，那步枪上还装着刺刀。鬼子一下将雪亮的刺刀顶住了楼风飞的胸口："你的！游击队的，唔？"

对于这突如其来的情况，楼风飞心里早有预料。他心里沉着冷静，面上却装出惊慌的样子，望着鬼子，结结巴巴地说："我，我的，良民。"

"良民的，唔！你的干什么的？"鬼子仍挺着刺刀说。

"我的，家住在那边。"楼风飞向东南方向指了一下说，"回家。"

鬼子打量着站在他面前的这个剃着光头、穿着蓝布衫头的男人，见他一米四五的个子，两裤管卷过膝盖，双脚沾满污泥，毕恭毕敬地站着一动不动。鬼子脸上的肌肉开始松弛下来了，顶在楼风飞胸口的刺刀也一下子收了回去："良民的，给皇军带路！"

楼风飞一听叫带路，心里就乐了，心想："看你们这群鬼子还能走多远？今天我不把你们这群野兽装进陷阱才怪呢！"他虽然心里乐滋滋的，但是外表上还装着不情愿的样子，直愣愣地望着鬼子点点头，嘴里"嗯"了一声。

楼风飞跟随鬼子走进村子。这时，村里的鬼子正在各家各户翻箱倒柜抢东西，村里来不及逃跑的儿童妇女哭叫连天。目睹这一幕幕，楼风飞强压怒火，听从鬼子摆布，叫拿这就拿这，叫搬那就搬那，百般顺从，看起来十分听话。但楼风飞心中想的却是如何赶快弄清鬼子人数和武器装备，以更利于消灭这群野兽。

到了中午时分，鬼子认为可以"满载而归"了。他们带着从各家各户抢来的东西，准备回义亭据点。楼风飞却一个劲地把他们向村西面的晒谷明堂里带。

在明堂里，村里人看到楼风飞，还以为他已落到鬼子手中了，都为他捏把汗。趁鬼子不注意时，楼风飞给他们丢了个眼色，村里人明白了，鬼子今天不会有好下场了。

楼风飞正盘算着如何把敌人的情况尽快传递出去时，明堂边靠近村口的麦秆堆里，突然跳出一只惊魂未定的大母鸡。楼风飞一看，这只母鸡正是自己家养的，怎么会跑到这里来呢？一瞬间，他明白过来，就笑着对鬼子讲："鸡，大大的，皇军的要？"

"唔！你的去抓。"

家中的鸡怎么会从村中跑到麦秆堆里去？原来是楼风飞的姐姐为了前来询问侦察情况，特意带来的。楼风飞趁着抓鸡的时间和姐姐暗通了情况。姐姐得到了确切的情报，火速报告了第八大队。

大队长王平夷听了敌情汇报，立即进行部署。

又折腾一番，到下午1点多的时候，鬼子终于又出发了。这些鬼子兵背着的、驮着的，还有抓来的挑夫挑着的都是从上楼宅抢来的东西。楼风飞牵着一头鬼子抢来的大黄牛在前面走，后面跟着的是一个骑着白马的鬼子军官。鬼子们耀武扬威地朝铁门槛、塘西桥而去，一个挨着一个排成一个长蛇阵，沿着铁门槛小山坡下的麦田边上走，不一会儿就进入八大队的伏击圈了。楼风飞一边走，一边不断地叫着"驾、驾……"作为暗号告诉我们的部队"敌人来了！"

"哒哒，哒哒哒"，突然，埋伏在塘西桥樟树脚碑后面的轻机枪吼叫起来。顿时，整个铁门槛的小山坳里枪声一片，打得鬼子抱头鼠窜，死的死，伤的伤，那个当官的也从马背上摔下来了。在枪声传来之际，楼风飞牵着牛溜下溪坎，把牛拴在塘西桥桥下，接着跑回队伍参加战斗。被鬼子抓来的挑夫扔下东西就往游击队阵地跑，跑到了阵地里，战士们叫他们赶快回家，但他们硬要留下来一起参加战斗。

到了阵地，楼风飞回头一看：啊！真痛快，整个小山坳里，浓烟四起，枪声、手榴弹的爆炸声一阵接着一阵，弹片夹着沙石到处乱溅乱飞，没被打死的鬼子拼命地往麦田里钻。

战斗一直打到黄昏，鬼子伤亡早已过半，天又下起了雨。随着夜幕慢慢降临，剩余的日本鬼子趁着夜色，溜下溪沟，向义亭据点逃跑。有的同志提出继续追击，大队长王平夷风趣地讲："别追了，让他们跑几个回去报丧去吧！"

塘西桥一战，八大队打死日本鬼子22人，打伤多人，缴获枪支弹药一批，其中重机枪一挺、战马一匹，极大地打击了敌人的气焰，坚定了群众抗日的决心。

从此，楼风飞诱敌的故事便在义乌西乡塘西桥一带传开了。

wugong duizhang
yangmingjing

武工队长杨民经

（金东区傅村镇的故事）

▲　　傅村镇山头下村保存有沈氏宗祠、三益堂等
明清时期的重点文保单位28幢。2012年12月，
山头下村入选第一批中国传统村落（胡展/摄）

村落简介

> 金华市金东区傅村镇是金华历史名镇，明代文臣之首宋濂、现代诗坛泰斗艾青就是傅村镇人。抗日战争时期，傅村一带是抗战八大队的活动区域之一。现在的傅村镇是金东区的工业强镇，金义经济带的核心区域。

抗日战争期间，被日寇侵占的义乌、金华沦陷区的人民群众处在水深火热之中。中共金义浦县委委派武工队长杨民经在金东、义西、浦东一带组织群众抗日。从此，金义浦就活跃着一支抗日武装，令日寇和敌伪组织闻风丧胆，而神出鬼没的武工队长杨民经则成了传奇人物。

入虎穴枪杀特务曹景泰

洞井村位于源东革命老区，是通往浦东的门户。中统特务曹景泰是洞井村人，他"占山为王"，经营石灰窑，并与土匪邢小显勾结在一起，对我党开展工作极为不利。作战小组曾多次研究，如何拔掉这根"钉子"。武工队长杨民经认为，曹景泰身边一直有保镖和邢小显的一个分队，不宜大行动，而要智取，避免受损失。领导决定由他完成这个"拔钉子"的任务。

杨民经从地主家借来西装革履，头戴礼帽，手上挽了一只篮子，上放中草药，下藏手枪，带着化装成买石灰的农民的亲弟弟杨加兴和施勇林二人，大模大样去洞井。路过尖岭脚时，他们遇到土匪流动岗哨盘问。杨民经说："先生病了，这是民间良方（中草药），我们去看望一下先生，抱歉！"并大喝随行的两人："听什么！还不快进去。"被放行后，杨民经看到曹景泰正手捧水烟筒，往石灰窑走去。杨民经眼疾手快，立刻从篮底取出手枪，打中曹的脑袋。保镖听到枪声赶来，施勇林又一枪，保镖也倒下了。枪声惊动了邢小显的土匪分队，他们立刻准备出击。此时，石灰窑上已乱成了一团。杨民经灵机一动，哨子一吹，大喊："一中队往北，二中队往南，包抄。"敌人听了吓破胆，抱头鼠窜。杨民经他们顺利撤出，漂亮地完成枪杀曹景泰的任务。

进义亭智会汉奸李龙泉

第八大队在金义浦一带的抗日斗争使日寇惶惶不可终日。日寇妄图消灭这支队伍，打算筑一条从义亭经过吴店，到里壁山的公路，并安排汉奸李龙泉督建。这条路一旦修成，对游击区威胁很大，要想办法让鬼子修不成这条公路。我方决定搞突然袭击：连夜布阵，以一个中队的兵力，埋伏于日军施工地段，占领有利地形，布上重武器；其他武装人员，埋伏在糖梗和高粱地内，等天亮日军赴工地时突然袭击。谁知这一计划被炮台上的日军哨兵发觉，

傅村镇山头下村东面、西面、北面各有一个村门，南面则有两个，据说是按照"金木水火土"的五行学说设计建造的，只要关上门，外人就无法进入村子（胡展／摄）

日寇集中迫击炮、重机枪向我阵地猛烈发炮与扫射。我部为避免损失，撤出阵地。

有了这次教训，我方认为不能强攻，只能智取。武工队长杨民经主动请战。第二天，杨民经头戴绍兴毡帽，脸上贴了一张大膏药，嘴里含了一块吸足盐水的棉花球出发了。快到义亭时，碰上走街串村的剃头匠，杨民经便向他打听敌人虚实。剃头匠告诉他，维持会长李龙泉去了义亭日寇营地，一会就要出来的消息。杨民经如获至宝，立即到营地附近一个卖牛血的摊上，买了一碗牛血汤，又装成牙痛，侧面伏在桌子上，准备见机行事。过了一会，李龙泉果然出来了，旁边有荷枪实弹的鬼子护送。走过人群，鬼子向李龙泉行了一个军礼后，转身回营去了。杨民经见机，夺路而出，赶到李龙泉身边，一边连声叫"表哥，表哥"，一边伸出左手挽住李龙泉的右手，弄得对方不知所措。杨民经一边以武器威胁，一边低声说："别紧张，我是杨民经，只要你答应我的条件，不会伤害你。一、停止修义亭到里壁山的公路；二、不能暗中伤害游击队的工作人员；三、不到金义浦等八大队驻地派粮派款。"李龙泉为了保命，这三个条件都答应了。后来，李龙泉还讲点信用，这条公路停建了。

陷重围冲天脱险真英雄

日寇侵占金义浦后，杨民经成了日寇的眼中钉、肉中刺，他们绞尽脑汁要捕杀杨民经。

1943 年除夕夜，天下着大雪。杨民经夜宿傅村抗日堡垒户傅新英家的二楼，警卫员二针芒弟（绰号）见天下大雪天寒地冻，便放松了警惕，去离住处不远的一家玩纸牌去了。这天白天，三中队班长洪晓友回家探亲，在离村不远的一家糖厂处被日寇抓住。日寇威胁他带队去抓杨民经。洪晓友经不住威逼利诱，成了叛徒，当天四更，他带了鬼子、和平军和便衣队 60 余人，包围杨民经住处。狗的叫声和日军的皮鞋声惊动了二针芒弟，他出门察看虚实，不料被鬼子发现，中弹牺牲。深夜的枪声惊动了警觉性很高的杨民经，他马上穿好衣裤，拿起枕头边的手枪，往外一瞧便看到有个鬼子猫着腰，顺楼梯爬上。杨民经眼疾手快，随手一发子弹飞出去。鬼子被打死，滚下楼梯。见领头的死了，下面的鬼子连忙逃出门。

　　杨民经考虑到在强敌面前不能硬拼，趁机脱身才是上策，便立即爬到床边的谷柜上，左手遮头，身子运气，向上纵身一跃，来了一个飞鹤冲天，撞断三根椽柱，打翻不少瓦片，蹿上屋脊而去。随后，他又越过数户人家屋脊，沿墙滑下，到了农户傅延禄家。傅家只有一间小屋，难以藏身。傅延禄叫杨民经快走，并在他走后迅速把他留在雪地上的足印用棍棒拖平，以免留下痕迹。但因杨民经翻墙时左手臂受伤出血，血迹被鬼子发觉，鬼子向傅延禄逼问杨民经去向。傅延禄被鬼子的皮鞋踢得遍体鳞伤，奄奄一息，仍只字不说。

　　傅村全村都是屋连屋的街巷，又加上雪地上的足印已被抹掉，鬼子无迹可寻，又怕神出鬼没的武工队偷袭，不敢分散搜查，只得草草收兵，退回驻地。

　　杨民经熟悉地形，穿街走巷，翻越屋檐围墙，到了一处菜园。突然他觉得腰间疼痛，四肢无力，原来是翻越屋脊时腰部扭伤。他又冷又饿，但仍咬紧牙关，手脚并用，爬到村南的五神殿。殿里面堆满木头，他屈身躬背，躲到木堆下面，打开枪头，打算与敌人拼个你死我活。幸亏敌人撤退，方避过一劫。

　　武工队长杨民经机智英勇，武功不凡。至今民间还神话般地传颂着"杨民经会飞檐走壁，雪上走路无脚印，徒步水面不起波"的故事。

mei feng gui he

梅峰归鹤

（武义县岭下汤村的故事）

村落简介

　　岭下汤村位于武义县大田乡境内，从县城取道武丽公路，驱车近 20 公里即可到达。这个有着 800 年厚重历史的古村，沿着双港溪两岸缓缓展开，整片的黑瓦青砖组成的古老建筑群，与远处郁郁葱葱的梅峰遥相呼应，人文建筑与自然景观水乳交融，浑然天成。村中心有一条南北走向、3 米见宽的街道，历史上，这是一条连通括苍与婺州的古道。

梅峰古林（编者提供）

　　岭下汤村至今保留着很多古老的民俗，如出嫁的姑娘回娘家要带泥土回来，并在梅峰古林里植树。这个传统要追溯到宋朝。

　　传说，很久以前，从天上掉下来一块陨石，赤红赤红的像一堆正在燃烧的炭火，大家都把它叫作"火星山"。这火星山就在岭下汤不远处。

　　到南宋时，有个叫汤畯的人，从外地移居金华，最后在岭下汤定居。他看到光秃秃的火星山很不是滋味，觉得如果种上树，既美化了环境，又可增加百姓的收入，是件一举多得的好事，于是便下决心要改造这座火星山。在家里，他刚提出这个想法，便遭到儿孙们的反对，大家都觉得山上都是光秃秃的岩石，连一点土星儿也没有，如何栽得活树木？汤畯却认为，在火星山上栽树困难虽大，但只要功夫深，铁棒也能磨成针，只要有决心，何事不能成！

　　儿孙们被他的豪迈气概所感动，大大小小齐出动，把一担担的泥土、稻草往光秃秃的山上挑，连来他们家做客的客人也帮着挑。功夫不负有心人，他们终于在火星山上栽下了第一批树苗。可是天公不作美，一场暴风雨把刚刚成活的树苗冲刷得无影无踪。

　　汤畯不服气，硬是要和老天爷对着干，再次带领一家人挑土上山，栽下一批树苗。为了防止树苗和泥土被雨水冲走，这一次，汤畯他们在树苗周围砌上了石头。人定胜天，他们用自己的双手和智慧战胜了老天爷，第二批树苗成活了。从此他们更坚定了信心，挑土上山，种草作肥，栽种树木。后来，连外嫁的女儿每回一趟娘家，都要往山上挑一担土，春天时还要栽一棵树。最后，汤畯改造火星山的愿望终于实现了。

看着第一批栽活的几株梅树，汤畯对他的儿孙们说："梅花铁骨冰肌，不畏严寒，具有高尚的品格，希望你们以梅花为榜样。"同时，他把火星山改称"梅峰"。

如今，梅峰山上树木郁郁葱葱，常有白鹭栖息。青山白鹭成为一景，后被文人称为"梅峰归鹤"。梅峰归鹤的故事可与精卫填海的神话、愚公移山的寓言相媲美。

注：汤畯，宋代人，号默庵，原居汴梁，宋高宗南渡后被荐为员外郎。他耻与秦桧等人为伍，弃官隐居，先居下畈，后移居岭下汤，人称"默庵公"。

▶ 岭下汤板凳龙灯（徐文荣／摄）

▲ 岭下汤宗祠（徐文荣／摄）

wei hua er sheng de
zhangzhenduo

为画而生的张振铎

（浦江县礼张村的故事）

▲ 浦江县礼张村（编者提供）

村落简介

礼张村属浦江县岩头镇，是浦江传统古村落，为浦江"中国书画之乡"的发祥地，浦江"书画第一村"。该村自然环境优美，大源、西源双溪汇流，溪流夹山拍岸，桃、梨、桃形李挂满枝头，是典型的如诗如画的江南小山村。山水育人，养育出众多书画名家，张振铎、张世简、张书旂等一代画家都是该村人。

张振铎的父亲是位画家，所以他在很小的时候，就听过张画匠和李画匠比画的故事：张画匠画的是幅"葡萄园"，碧绿的叶，水灵灵的葡萄。画刚被挂起来，一只麻雀就扑棱棱地飞过来，一头撞到"葡萄"上。轮到李画匠拿出画来了，只见他的桌上还只是铺着一张纸，上面放着一个皱巴巴、卷着的针线包。张画匠神气地说，李兄，你把画裹在针线包里做什么，快拿出来让大家看看呀。说着就伸手去取针线包，但立时他的手就缩回来了，满脸羞愧。原来李画匠画的就是一个针线包。张画匠的"葡萄"骗过了麻雀，李画匠的"针线包"骗过了画匠的眼睛。这个有趣的故事让小小的张振铎对画产生了浓厚的兴趣。

张振铎七岁那年春节，村里向他父亲张景春求画的人把家里门槛都要踏破了，小振铎见了忽然产生了灵感，就偷偷在一块窗帘上画了条大红鲤鱼。

红鲤鱼摇头摆尾，小小的嘴还吹起一串串水泡，调皮可爱。父亲见了不但不批评还帮着添了几笔，并题了"鱼乐图 振铎涂鸦"几个字。父亲的肯定，坚定了张振铎画画的意志。

一次放学回家，张振铎又一头钻进画室，埋头作起画来。母亲让他出去跟小朋友们热闹热闹他不去，吃中饭了他也没出来吃。母亲把饭端到小振铎的画桌上，凝神专注作画的小振铎竟把饭碗当作颜料碗，手上的彩笔不断地往饭碗里蘸，把一碗白米饭都涂得花花绿绿的。母亲见了很心疼："这孩子的魂被画勾走了。"

张振铎 16 岁时考入上海美术专科学校，和早一年入校的张书旂、吴茀之常聚在一起探索画法画理。为克服寝室里没有画桌的困难，三人把各自带去的箱子拼起来，用砖块垫高，铺平变成一张大画桌。三人还加入了由潘天寿倡议成立的"白社"。张振铎在这里第一次有了自己独立成册的作品《张振铎花鸟画册》。之后，张振铎先后在多所学校从事绘画教学，同时积极参加抗日救亡活动。擅长花鸟画的张振铎并未把视野局限于花草，而是投身于大自然的壮阔环抱，洗涤心灵，开拓境界。中华人民共和国成立后，他的艺术创作一直处于火热的上升期，后虽经政治磨难但始终执着创作，并以"转益多师是汝师"的学习态度，谦和、敬业、精勤、创新，终成一代名家。有人把张振铎的"鸡"、齐白石的"虾"、徐悲鸿的"马"、黄胄的"驴"并称"国画四绝"。

1984年，76岁的张振铎因病住院，但当他得知中国女排三连冠的消息后，毅然抱病坚持创作大幅国画《鹰击长空》，赠予国家体委。这是他最后的巨制。

"不要人夸颜色好，只留清气满乾坤"，这句话体现了张振铎的画艺和人品。

注： 张振铎（1908—1989），金华浦江人，中国现代著名艺术教育家和国画家，出身于三代从事国画艺术的书香门第。1927年，毕业于上海美术专科学校，曾得益于经亨颐、吕凤子、潘天寿等前辈指导。历任湖北艺术学院副院长，中国美术家协会湖北分会副主席，全国文联委员，中国民主促进会第四、五届中央委员等职，是荆楚大地久负盛名的国画大师之一。

xuefangjiangtui
xiangdangdang

雪舫蒋腿响当当

（东阳市上蒋村的故事）

▲ 上蒋村（张向平／摄）

村落简介

　　东阳市上蒋村位于东阳市歌山镇西部，面临东阳江，早年间是东阳到杭嘉湖的必经之路。上蒋村是东阳市著名古村落。上蒋村以蒋姓为主姓，家家户户历来以腌制火腿为主业。火腿业富了上蒋村，也成就了至今犹存的一幢幢美轮美奂的古建筑。金华火腿名天下，金华火腿出东阳，东阳火腿出上蒋。清代咸丰年间的上蒋人蒋雪舫是"雪舫蒋腿"的祖师爷，"雪舫蒋腿"曾获多项国际金奖。蒋雪舫和"雪舫蒋腿"有着许多感人故事。

　　蒋雪舫，东阳上蒋村人，他以诚信为本，做大了"雪舫蒋腿"。

　　有一段时期，雪舫蒋腿的主要集散地在省城杭州的鼓楼。每年端午节之后，火腿成品成批由竹筏装着，下东阳江，经婺江、兰江、新安江，直至杭州。香港、上海、广东、江西等地的客商云集于杭州鼓楼腿行，争相购买雪舫蒋腿，腿行生意十分兴隆。

　　有一年，蒋雪舫自杭州腿行结账归来，检点银两，核对货款，发现多出一千块银圆，知道是鼓楼腿行错算，便派人将错款送回杭州。不料第二天，鼓楼腿行经理赶来上蒋拜访蒋雪舫。蒋雪舫料定是他为错算的银两而来，却假装不知，盛情款待。席间，蒋雪舫故意问经理此来有何要事？经理以实相告，蒋雪舫立即说确有此事，昨天已派人将钱款送去杭州，归还贵行。经理一再称谢而去。回到杭州

▲ 上蒋村文化礼堂（张向平/摄）

一问，银两果然已送到，就登报颂谢。于是蒋雪舫"诚实无欺"的声名在火腿行中传开，每年雪舫蒋腿一到杭即被争购一空。

杭州大老板胡庆余堂的胡雪岩，为庆贺老母亲七十大寿，订购雪舫蒋腿为席上珍品。宾客品尝后，交口赞赏。第二年，胡雪岩向蒋雪舫定制了几百只火腿，说是要带到京城作为馈赠官宦及亲朋好友的礼品。蒋雪舫认为这是推销产品的绝佳机会，于是挑选上好的原料，精工细作，腌制了几百只极品火腿。胡雪岩将火腿带到北京，作为浙江的特产用以馈赠。胡雪岩当年所交往的都是官场中的显宦，这些大官吃到这种火腿后都赞不绝口，问胡雪岩这种火腿产自何处，胡雪岩说购自浙江东阳的上蒋。

自此，"雪舫蒋腿"更加声名远播，很快便名扬京城，传遍海内。

wanghanqing zhu xue

王汉清助学

（金东区曹宅镇的故事）

▲　　金华市金东区曹宅镇。掩映在绿色波涛里的
新农村，为生态金东做了最好诠释（陈筠／摄）

村落简介

金华市金东区曹宅镇是省级历史名镇，也是金华经济文化发展重镇，人杰地灵，人才辈出。南宋著名爱国将领郑刚中，明朝著名文人杜恒，清朝著名文人曹开泰、天文学家张作楠，民国时期社会活动家黄人望，当代著名编剧邵钧林等均出生于此。曹宅镇历史古迹遗存丰富，有建于南朝梁武帝时期的石佛寺（大佛寺），明代建筑法华庵，清代建筑官田武帝祠、金仁塘古戏台、龙山张氏宗祠、郑刚中墓等。

1996 年，金东区曹宅初中校长室里来了位农民，递给校长 1100 元钱，说要在学校里设立奖学金。校长连续问了两遍"你真的要把钱奖给学生吗？"这位农民两次回答"是"，并表示说话算数，年年都捐。这位农民叫王汉清，是曹宅镇村民。这 1100 元钱是当年他家 3 亩柑橘卖得的钱。

第二年，奖学金翻了一倍多，共 2400 元；第三年，柑橘收成不好，王汉清就从卖水稻的收入中凑了点钱，将 1500 元送到学校。2005 年，除了奖学金，王汉清另外又拿出 910 元钱捐给学校，这是他上一年种水稻的收入。

2009 年，王汉清所设奖学金在原来优秀奖的基础上，又增加了新的奖项：进步奖和道德文明奖。因为他曾听一名学生说，这个奖好是好，但像他这样成绩不拔尖的，是轮不到的。这年，王汉清拿出

7800 元奖励给该校的 60 名学生。

老王这一捐连续捐了 23 年，金额累计 12 万多元。奖学金取名"珏玫琼"，是从他 3 个女儿的名字中各抽一字组成的。

2018 年 8 月，王汉清被查出患了肺鳞癌，生命剩下的日子，有一半多的时间都是在医院治疗。尽管如此，他还做了三件事以了却心愿。

第一件是去了一趟市妇联，给一个结对多年的孩子一次性捐款 5 个学年的费用，一共 4000 元。人问："为什么一次捐完？"老王回了一句："我要完成我的承诺，我等不起了，我怕来不及！"当老王从钱夹里颤颤巍巍掏出钱的那一刻，在场的人都落泪了。

第二件是委托女儿王珏代表他与金东区民政局签署了一份定向捐赠协议书。王珏委托银行每年定期将她父亲在农村合作社有限的股金分红全额汇给民政部门，由后者转给曹宅初中，这笔钱就作为每年发放的奖学金。为了这件事，跑银行、跑相关部门，他拖着病体前前后后去了多次。"做人讲诚信，爱心要传承。承诺的事情要做到。过去，我就跟学生们承诺过，'哪天我不在了，奖学金也要继续发下去。'"老王说。

他刚被查出肺鳞癌时，朋友去医院看他时说："今年的奖学金就别发了？钱留着治病吧！"他说：

"那怎么行？该发的钱一分都不能少。"朋友说："你这又是何苦呢？治病花销大，你帮别人这么多，也该想想你自己啊！"

本是一句关心的话，没想到老王却跟朋友红了脸，他拍着桌子站起来大声说："不为别人着想，我活着还有什么意思？我是共产党员呢！"作为一名党员，他的胸口永远别着党徽。

第三件是在生命的最后时刻，他打电话给女儿："王琼，哪天我不在了，你就打捐献卡上红十字会的电话，我要践约捐赠遗体。"

老王为什么专注于资助教育呢？这与他的经历有关。

1958年初中毕业后，王汉清到西宁化工专科学校就读，可惜好景不长，因为各种原因，王汉清被迫辍学，这成了他一生的遗憾。回家后，他边做木工，边种田。"种田，我会去钻研农业技术；做木匠，我会将学过的知识用到木工活中。如做人字架，我会预先将六七个数据计算好，安装时只要一套就行，既省时又省力。"从60岁开始，他专门研究旱作水稻的种植，发明了"愚公种植法"。这一切都使他认识到知识的重要。1973年，中国出了个"白卷英雄"，对他刺激太大了。当时，他就愤怒地说："如果人人都交白卷，再过20年，中国就到处都是文盲了，那我们中华民族就完了。"从此，

他萌生了助教兴国梦，并像"愚公"一样，一步一
个脚印地践行着他的梦想。

2019 年 3 月 7 日，农民老王走了，遗体被浙
江大学医学院接走。他捐了一辈子钱，末了再把自
己也捐了。王汉清生前曾获"浙江好人"等许多荣
誉。死后，"王汉清"这三个字被永久地镌刻在浙
江大学校园中那块著名的"无语良师碑"上，供世
人缅怀；他也将永久地活在曹宅学子，乃至金华人
民的心中。

▲ 曹宅张氏大宗祠（编者提供）

huan jin ting

还金亭

（义乌市夏演桥头的故事）

从义乌坐汽车到金华，要经过"桥头"停靠站。就在桥头停靠站北边，有个装饰得很漂亮的小凉亭，牌匾上题着"还金亭"三个金色大字。

说起"还金亭"的来历，当地流传着这样一个有趣的故事。

相传从前这里没有凉亭。一天，有个商人路过这里，走得累极了。他本不敢轻易歇脚，因为随身行李中有一只布袋里装着他做生意的全部本钱，但看见这里前后都是大村子，料想不会出事，再说清清的溪水在桥下潺潺地流着，看着非常惬意，他便决定稍微歇一会。他放下行李，特地将那只贵重的布袋搁在不显眼的地方，再选块光滑的石头舒舒服服地坐着。吃完干粮抬头一看，太阳已经到了西山头了，忙抓起行李包匆匆赶路，心一急，偏偏把那只贵重的袋子给忘了。

桥头村有个老农背着锄头收工回来，在溪边洗脚时看见了这只布袋。他捡起来，好重呢。"是谁的东西丢啦！"他喊了一阵没人答应。眼看天色将黑，老农打开布袋一看，吃了一惊，袋子里尽是金银珠宝。老农马上结好袋口，又静静地坐等失主。

等到月上东山，等到夜深人静，等到肚子饿得咕咕叫，终于等到那个气喘吁吁赶回来寻找失物的商人。老农确认是他丢失的东西，就爽快地送还给他了。商人送他银两，他不要；商人送他珠宝玉石，他不要；商人送他金元宝，他也不要，径自背着锄头消失在夜幕中。商人感动得不知如何是好，猛然想起还没问过老农的姓名呢，可是人已追不着了。

事后，商人到处打听也没打听到老农的姓名，为了表达由衷的谢意，便特意在这里造了凉亭，取名"还金亭"。

风风雨雨数百年，凉亭已经破旧不堪。近年，桥头村群众为发扬这位老农拾金不昧的崇高精神，又重新把"还金亭"修葺得焕然一新。

yu qing tang

余庆堂

（磐安县盘峰乡榉溪村的故事）

孔子后裔所建祭祀先祖的"孔氏家庙"，全国只有三处，除山东曲阜外，还有两处都在浙江，一处孔氏南宗家庙在衢州，另一处就位于偏居一隅、鲜为人知的磐安榉溪村（胡展／摄）

村落简介

　　磐安县盘峰乡榉溪村是中国传统古村落。该村建于南宋初年，是山东曲阜孔氏的南宗。始祖孔端躬，系孔子四十八代裔孙。现村口有孔端躬墓。墓旁有当年从曲阜孔庙携回的苗木培植成的桧木（黄柏松）一棵，高大苍劲，至今已有600多岁。坐落于榉溪老村中部的"孔氏家庙"是全国重点文物保护单位，现该庙和周边众多的古色古香的木结构老院子都得到了很好的保护。我国古建筑专家罗哲文在榉溪实地考察后还欣然题词："保护婺州南宗榉溪家庙，为弘扬孔子道德思想精华作贡献。"

　　孔子五十四代孙孔思埙，字中和，为人忠厚。父亲早逝后，他侍候母亲无微不至。美中不足的是，他与妻子二人年过三十也没有生育。

　　榉溪岭头有一个凉亭，旁边还有一个茅厕，中和家的一块地就在凉亭附近。中和平时经常去这个茅厕掏粪施肥。夏日的一天，他又拿着粪瓢、粪桶、扁担之类的家什去掏粪。刚进茅厕的门，一眼就瞧见蹲坑墙头上挂着一个褡裢，上前一拎有点沉，打开一看是几锭银子，约有二三十两。中和估摸是哪位路人匆忙之中落下的，说不定马上就会回来取。他一边干活，一边等主人到来。等到他把地里的活干完了，也没见人影，但他还是耐心等着。

　　太阳落山时，只见一个男子匆匆奔来，直冲茅厕，接着又立马走出门外惊慌张望，一副失魂

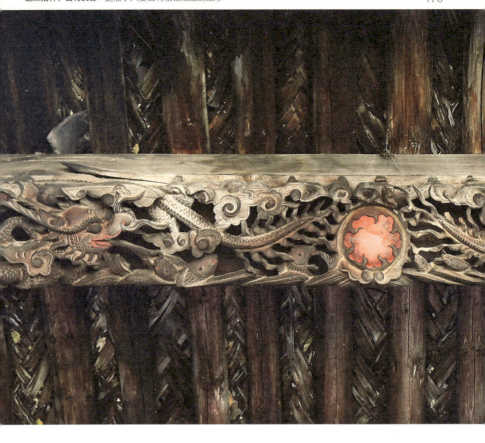

落魄的样子。中和料定此人就是失主，便走近那个男子打了个招呼，谁知对方竟没反应。中和拍了拍对方的肩膀，那男子才回过神来。中和和他交谈后了解了事情原委。原来他是东阳人，妻子患了重病，家中钱已用完，只好向百里外的一个远房亲戚借。谁知返回途中患了痢疾。上完茅厕，他一心想着赶路，竟把褡裢给丢下了。待他发觉搭链不在肩上，已走出二十多里了。他心急如焚，一路细细地回想，终于想清自己曾在岭头的凉亭那儿解手，搭链必是丢在那地方。中和听了他一

◆　家庙檐檩上的双龙戏
珠雕刻，充分体现了榉溪
孔氏家庙在当时封建社会
中的地位（胡展／摄）

番道白，问明银两数字，便把褡裢递给了男子。
男子一见倒头便拜，哽咽地说不出话来。中和扶
起那男子说："救命如救火，快回家去吧。"临行前，
男子又再三道谢。

　　孔中和一生乐善好施，人也健康长寿，享四
世同堂之乐。他的重孙子怕太爷爷的精神随着岁
月消逝而消失，新居建好后以"积善之家必有余庆"
之义，将其取名为"余庆堂"。他的五世孙又于明
洪武元年（1368），特请仙居胡中作《余庆堂记》。

geshan yi du

歌山义渡

（东阳市歌山村的故事）

▲ 歌山美如画（张向平／摄）

村落简介

　　歌山村位于东阳江畔，离东阳城区 44 公里。东阳江由南往北穿村而下，把村域分成大歌山、小歌山两部分。歌山，因传说有神女在山上唱歌而得名。据载，孝子郭灏为父守孝，在溪西以墓为庐，世守之，这便是歌山始祖，距今已 730 多年。古时，东阳江江面宽阔，多船只、竹筏，歌山埠头热闹繁忙。歌山村大部分男子以撑竹筏为生，从事运输摆渡。"歌山美如画，歌溪多竹筏"，其间便有许多感人的故事。

　　明代嘉靖年间，歌山埠头开始发达。歌山村郭氏从事筏业的人很多，郭济（1515—1602），就是其中的一个撑筏人。他自制一副筏，以送客拉货为生。

　　有一天，郭济撑筏送旅客到东阳县城边的麻车埠。待人走完之后，他也上岸休息片刻，却在地上发现一只沾满泥浆的红色巾包袋。郭济走上前去捡起来，打开一看是金子。

　　丢了这一袋金子的人肯定会焦急的，也肯定会迅速赶回来寻找的。郭济想到这里，就放弃自己的生意，默默地等待失主的到来。

　　过了大半天，他看到前面有个人哭着过来找红色巾包袋。

　　"我在泥浆中捡到了一只。"郭济说着将袋子还给了失主。失主对郭济万分感激："我是借用这笔钱奔父丧的，您真是我的大恩人，我没有东西报答您，就用半袋金子作为谢礼吧。"郭济坚决拒绝失主的重谢。

二十年后，郭济还在江上撑筏。一天，有个瘦弱的长者提着一只大袋子坐上他的筏。筏至江心，长者故意将一块碧玉掉入江中，请郭济帮忙打捞。郭济二话没说，一头钻进水底，费了好大的劲，才将碧玉打捞上来。但等他上来，长者却无影无踪了。长者在他的筏中留下一大袋金子，并留一牍云："恩感廿载前，今朝请收留。"郭济想要找到他退回酬金，但是，茫茫人海，哪里找得到呢！

郭济收下这袋金子后，一不修建自己的房子，二不添置家什，却专门接济穷人，并且修建了埠头。人们将新修成的埠头称为"歌山郭氏义渡"。

20世纪60年代，歌山大桥建成通车后，歌山义渡废弃，但遗址仍然依稀可辨，其代表的善良之举仍为世人所记。

歌山村村景（张向平／摄）

村道（张向平／摄）

jia zei tou yuanbao
zhu zhen

家贼"偷"元宝助赈

（浦江县虞宅乡新光村的故事）

▲ 新光村镇东桥（胡展／摄）

村落简介

浦江县虞宅乡新光村（俗称"廿五都朱宅"村），位于浦江北部，四面环山，是金华市首批中国传统古村落。该村的最大特色是村里被称为"江南乔家大院"的灵岩古庄园。该庄园始建于1738年，现有16幢160余间古建筑，既是汇聚着杭派和徽派建筑艺术精品的博物馆，更是讲述着三百年浙商传奇故事的学堂。清光绪年间的朱宅民间善人朱守纲的故事便发生在这里。

今天的新光村传统与现代相结合，成了人们自驾游的好去处。

清光绪年间，浦江县虞宅乡新光村有家大户，姓朱，经营米粮，家中银子成堆。朱家的孙子叫朱守纲，为人豪爽，仗义疏财，乐于助人，胆子也特别大，在当地很有名气。

有一年，富阳县遭受严重水灾，家家颗粒无收，很多房屋倒塌。许多朋友向朱守纲诉苦，但他虽然有心救灾，却苦于既无米店经营权，又无财权，几次向当家爷爷借钱，不但借不到钱，还受爷爷教训。情急之下，他想出了一个鬼点子。他请了几百个人在一丘田的四边打上桩，缚上绳索，套上杆，叫大家一起来扛田，说要把田地卖了换银子。他爷爷晓得了，心里忖：田怎么能扛？得去看看。他爷爷走到田横头，看见许多人"嗨哟，嗨哟"在扛田。这些人一用力，就把桩拔上来了，再打下去，再扛……爷爷想，这回守纲弄不成了，任你有飞天本事，要扛田去卖，万万不能！

朱守纲呢？老早在暗中候着爷爷，看见爷爷一离开银库，就和几个人偷了整整一层元宝，连夜运到富阳去帮助赈灾。爷爷知道朱守纲鬼主意多，看看这边没花头，就赶紧转身回去查看银库。一看元宝码得平展展的，就说了句："这回还好，银子没得偷去！"过了一天，他爷爷再去银库仔细一看，发现元宝少了一层。爷爷认定是守纲偷的，守纲死不承认，爷孙俩就到县里打官司。

县官升堂审问，守纲承认银子是他偷的。县官判定守纲充军三年。守纲讲："老爷，我偷家里银子有罪，定我充军，我口服心服，只是有个要求，充军的地方除了富阳，别的县随便哪里我都去！"县官问："富阳为什么不好去？"守纲讲："富阳是我的仇地，如果充军到富阳，那是只有死没有活命的！"县官想：前些日子这小子替人打官司，弄得他下不了台，让他充军到富阳，给富阳人弄死，自己也少些麻烦。就讲："你不听爷爷教训，偷窃大批元宝，就是给富阳人弄死也是活该！"就提笔判朱守纲"充军富阳三年"。

朱守纲听了，心里暗暗高兴，就偷偷地寄了一封信到富阳朋友那里。朱守纲的大笔银子救活

了许多富阳人，大家都讲朱守纲是救命恩人，晓
得朱守纲要充军到富阳来，都想好好地报答他。
所以，朱守纲一到富阳地界，就有许多人来接他，
酒水老早办好，轿也老早雇好，欢天喜地地把
朱守纲抬走了。

新光村诒焚堂里穿行的板凳龙（胡展／摄）

新光村灵岩古庄园建筑面积 1.2 万平方米，有古民居 160 余间（胡展／摄）

结语

诗坛泰斗——艾青

艾青被认为是我国现代诗的代表诗人之一。他的诗歌真实而深刻地反映了我国社会主义民主革命和社会主义建设时期的巨大变革，堪称时代的史诗。

1910 年 3 月 27 日，艾青出生。他自己说过，他出身于浙江省金华县畈田蒋村一个姓蒋的地主家庭，是这个家生下的第一个儿子。按理说这是喜庆的，但因为母亲生他时难产，算命先生说他会"克死"爹娘。父母迷信，因此不喜欢他，很快，就把他送到本村一户贫穷的农妇家里抚养。"在我吃光了你大堰河的奶之后，我被生我的父母领回自己的家里。"

畈田蒋村位于金东区傅村镇北部双尖山脚下。这是一块风水宝地，东面潜溪环绕，南面大道穿过，西面良田万亩，北面乔山为屏。该村历史悠久，村祖蒋伯成于明朝初年由义乌山塘村择居此地，以地形和姓氏为村名。村内现存明清特色古建筑群 36 幢。艾青故居于 2006 年被列入浙江省文物保护单位。

15 岁时，艾青考入位于金华古迹八咏楼附近的浙江省第七中学（金华一中前身）初中部。"载不动许多愁"的双溪，"江山留于后人愁"的八咏楼，孕育着少年艾青。中学毕业后，艾青考入杭州国立艺术院（中国美术学院前身）绘画系，之后又赴法国巴黎学习绘画。诗画同源，出生地的风水，幼年时农妇的乳汁，少年时的文化熏陶，青年时中外学习的经历，为艾青的诗歌创作打下扎实的基础。

回国后，艾青到上海加入"中国左翼美术家联盟"，从事革命文艺活动。后因此被捕入狱。在狱中，他写下了《大堰河——我的保姆》，以强烈的感情歌颂了用乳汁养育自己的贫穷农妇，向不公道的世界发出了愤怒控诉，表达了诗人对当时中国广大农村悲惨境遇的深切关心与同情。

艾青的一生是一部史，是和祖国同命运的史。《遗珠拾粹，古村沉香：遗落于八婺古村落记忆里的故事》的编者以艾青的《大堰河——我的保姆》一诗（节选）为结语，以期和读者一起像艾青那样"不忘初心，牢记使命"。

大堰河——我的保姆（节选）

艾青

大堰河，是我的保姆。
她的名字就是生她的村庄的名字，
她是童养媳，
大堰河，是我的保姆。

我是地主的儿子；
也是吃了大堰河的奶而长大了的，
大堰河的儿子。
…………

大堰河，在她的梦没有做醒的时候已死了。

她死时，乳儿不在她的旁侧。

…………

大堰河，含泪的去了！

同着四十几年的人世生活的凌侮，

同着数不尽的奴隶的凄苦，

同着四块钱的棺材和几束稻草，

同着几尺长方的埋棺材的土地，

同着一手把的纸钱的灰，

大堰河，她含泪的去了。

…………

大堰河，今天，你的乳儿是在狱里，

写着一首呈给你的赞美诗，

呈给你黄土下紫色的灵魂，

呈给你拥抱过我的直伸着的手，

呈给你吻过我的唇，

呈给你泥黑的温柔的脸颜，

呈给你养育了我的乳房，

呈给你的儿子们，我的兄弟们，

呈给大地上一切的，

我的大堰河般的保姆和她们的儿子，

呈给爱我如爱她自己的儿子般的大堰河。

大堰河，

我是吃了你的奶而长大了的

你的儿子

我敬你

爱你!

　　金华市目前有古村落 286 个，其中国家级 58 个，省级 64 个，市级 169 个。其数量在省内名列前茅。金华市各地的同志也都在挖掘、开发、整理古村落文化。

　　编委会的同志以社会主义核心价值观为指导，在进乡进村考察和阅读大量相关资料基础上，编成该书。该书所选编的故事主要取材于《古婺遥响·金华市百村历史文化故事集》（金华市文化广电新闻出版局、金华市农村工作领导小组办公室编）、《金华抗日劲旅第八大队》（金华市新四军历史研究会编）、《东阳古村落》（东阳市史志办公室、东阳市历史文化研究会编）、《摇落的风情》（东阳市人民政府地方志办公室、东阳市农业和农村工作办公室编）、《寻访古村落·武义村落文史资料》（武义村落文化史料编辑委员会编）、《武义村庄故事》（唐桓臻编著）、《永康村落起源故事》（永康市文化广电新闻出版局、永康日报社编）、《只因我是永康人》（王石周著）、《古韵风情·记忆兰溪》（政协兰溪市第十四届委员会，兰溪文史资料编辑委员会编）、《天下江南·乡韵兰溪》

（政协兰溪市第十四届委员会、兰溪文史资料编辑委员会编）、《兰溪祠堂》（政协兰溪市委员会，兰溪文史资料编辑委员会编）、《磐安中药文化》（磐安县农业局编）、《神奇的大盘山》（陈剑飞编著）、《白沙古堰的历史与传说》（张柏齐、崔士文编著）、《金华教育好新闻选编》（金华市教育局办公室编）、《浦江县故事歌谣谚语卷》（浦江县民间文学集成办公室编）等资料。部分人物的介绍参阅了《金华市历代名人》（钟世杰主编，龚剑锋、周国良著）等史料。

编委会对所选择的故事作了必要的整合和改编。本书以故事为主体，故事所涉及的村落介绍也以历史文化为主，所涉及的人物简介以备注的形式放于故事后，图片尽量和村落故事相关。这样做是努力让故事、故事发生村落、故事人物有机结合，既突出古村落特点，又让原生态的故事鲜活立体起来，图文相配增加可读性。

金华古村落文化博大精深，民间故事是其中灿烂的文脉之花。这些故事有的真实，有的是传说。但都是古村落文化的凝聚，是情感的浓缩、人生的寄寓，伴随过许多人少年的成长，成为人们思念不断的"故土乡愁"。在编辑中，我们发现古村落里的故事原来就是社会主义核心价值观的厚重土壤。所以我们在排序上把43篇故事和社会主义核心价值观的12个词结合起来排，让社会主义核心价值观的内在逻辑联系和民间故事内涵的多元性有机结合，使社会主义核心价值观更具历史观、传承性、立体感。

本书的编辑由于时间较仓促，资料占有量还不够及水平所限等原因，难免粗糙。我们的目的是为金华人民，尤其是青少年提供健康的精神食粮。在此，对市（县、市、区）政协、金华古村落文化研究会，对本书资料的提供者，对本书提供资讯帮助的乡民、有关专家、领导表示真挚感谢。我们将不断完善这项公益事业。

编者

2021 年 12 月